九品堂

张九鹏 著

九品堂藝事

家英

一本跨界之书，
贾平凹、何家英、吴善璋、戴敦邦为之联袂题字。
一本妙趣天真的书，
国画、版画、油画、漫画、儿童画，画中有道。
一本探寻艺术趣味的书，
作家、画家、书法家，家家有味。
一本具有宁夏本土文化情结的书，
父子两代人的文学延续。

黄河出版传媒集团
宁夏人民出版社

图书在版编目(CIP)数据

九品堂艺事 / 张九鹏著. -- 银川 : 宁夏人民出版社，2018.1
ISBN 978-7-227-06876-1

Ⅰ.①九… Ⅱ.①张… Ⅲ. ①散文集—中国—当代 Ⅳ.①I267

中国版本图书馆CIP数据核字(2018)第046210号

九品堂艺事　　张九鹏　著

责任编辑　王　艳
责任校对　李彦斌
封面设计　马　俊
责任印制　肖　艳

黄河出版传媒集团
宁夏人民出版社　出版发行

出 版 人　王杨宝
地　　址　宁夏银川市北京东路139号出版大厦(750001)
网　　址　http://www.nxpph.com　http://www.yrpubm.com
网上书店　http://shop126547358.taobao.com　http://www.hh-book.com
电子信箱　nxrmcbs@126.com　renminshe@yrpubm.com
邮购电话　0951-5019391　5052104
经　　销　全国新华书店
印刷装订　宁夏报业传媒印刷有限公司
印刷委托书号　(宁)0008646

开　　本　889mm×1194mm　1/32
印　　张　5　字　数　120千字
版　　次　2018年3月第1版
印　　次　2018年3月第1次印刷
书　　号　ISBN　978-7-227-06876-1
定　　价　58.00元

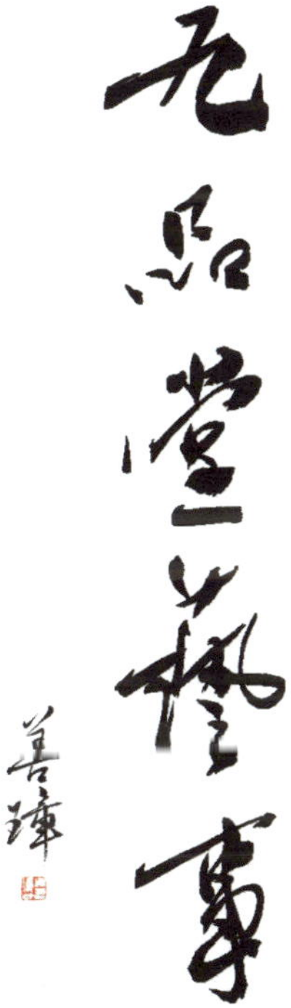

吴善璋

中国书法家协会顾问

中国书法家协会第五届、第六届副主席

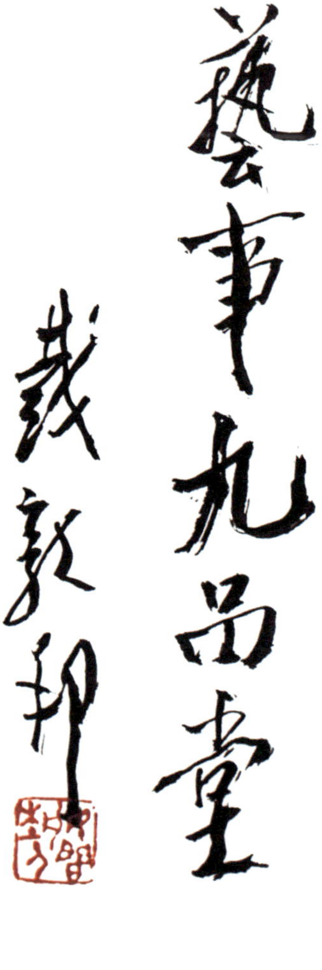

戴敦邦

中国著名国画家，自称民间艺人

著有《戴敦邦水浒人物谱》等作品多部

序

■ 张少山

张九鹏是一位青年作家。他对区内外一些具有代表性的作家、书法家、画家、雕塑家的艺术成就及创作往事做了一次梳理，多角度探视，写就了一批过心的随笔短文。现他将这些文字汇集成册，成就了一本艺术品评与艺术欣赏，正论与趣味相结合的《九品堂艺事》。

我在宁夏文联工作过，与张九鹏的父亲张武先生共事多年。张武先生曾担任过宁夏文联副主席，也是宁夏作协的副主席，他与张贤亮和戈悟觉被称为文学界的“二张一戈”，为地方的文学艺术事业做出过巨大贡献。后来，我与张武先生先后退休，见面的机会也少了。欣慰的是，张九鹏接过父亲的衣钵，继续文学创作，还担任宁夏作协副秘书长，并一直编辑、刊行《宁夏文艺家》，继续为宁夏的文艺家们联络、协调、服务。从张武父子身上，能看到宁夏文学艺术事业两代人奋斗的足迹。

在宁夏作家队伍里，张九鹏是一位性格开朗，喜欢与艺术家交朋友的作家。这可能与他从事办报工作有关系。近些年，张九鹏受《新消息报》《书画界》《美术报》《书法报》等报纸杂志约稿，系统地采访了区内外许多艺术家，发表了一些评论文章，产生了较大影响，得到了艺术家们的好评。他善于与不同艺术门类的艺术家们打交道，并以不同的角度，不同的视点和不拘一格的文学语汇，品评和褒扬他们的从艺之路与艺术作品。我们可以通过他成熟的文字，对艺术家们的品德与作品进行印证和赏评，找到通向艺术殿堂的入门捷径。

为了做到资料的翔实可靠，张九鹏近距离接触采访对象，甚至追随艺术家的步履，有的时间长达两年之久；为了取得良好效果，他常常跨地域实地采访，并综合运用多媒体手段。因与众多艺术家过从密切，与艺术家们既是良师亦是益友，得到了艺术家们的鼎力支持。

《九品堂艺事》用感性的语言评介区内外一批艺术家的创作成就，是一部有作品，有赏析，形式立体饱满，内容丰富有趣，图文并茂，带有强烈个人风格的文集。一位艺术家，一件书画作品，一段感性文字，说出艺术家们的故事，探索艺术真谛，是《九品堂艺事》贯穿的一条主线。书评文字简捷，语言平实，从不同侧面阐述艺术家们的创作经历和艺术成就，其中穿插一些小故事，以小见大，为读者留下了足够的想象空间，读来令人轻松愉悦。

《九品堂艺事》既是性情散文，也是书画图册。其类在评述专著与书画图录之间。较之专著的艰深，能多一些轻松；较之图录的直白，又多一些感悟。在专著类的学究气息与图录类的直抒胸意之间另辟蹊径——望物而生文，以文而化物，使作者与读者在彼此会意中构筑契合。细品《九品堂艺事》，无论是对书画作品的选择，还是对作品的品评，都有作者独到的眼光。比如，全国艺术名家的题字，本身就是一道风景线，它可以从不同侧面反映出艺术家的个性与性情，拉近艺术家与读者的距离，如临其境，如见其人。再比如，一些名家对艺术的阐述，妙语连珠，为从事书画创作的艺术家们提供了经验，起到了宣传书画艺术的审美功效。还有张贤亮、吴善璋、贾平凹、陈忠实、张武、戴敦邦、何家英、广军、胡正伟、马建军等文学、艺术名家的悉数登场，为本书增添了可观的期许与分量。

从目录安排上看，所选作品无远近亲疏之别，亦无官衔级别之分，只按年龄大致分为老、中、青三代，寓意后继有人，薪火相传。最后以独立作品附以简述为一分支，层次清晰，主题明确。另外，《九品堂艺事》的章节标题，简洁明了，多有出处，显示了作者的阅历与独特的审美情趣。书中还有一个亮点——作者没有安排艺术家们冗长的简历，而是在文章言志载道的同时，让作品直面读者，志在探幽索微，趣在举重若轻。

《九品堂艺事》是作者的一本跨界文集，也是公益之举。此著可以当作书画创作交流的平台，也可作为了解书画艺术的入门向导。无非撷一得之感，尽一孔之见。一定程度上，《九品堂艺事》还具备了史料与学术的双重价值。著，先取洒脱之姿；阅，则可获轻松之态。

（张少山，著名国画家。宁夏文史馆馆员。宁夏文联原副主席，宁夏美术家协会第三届、第四届主席。）

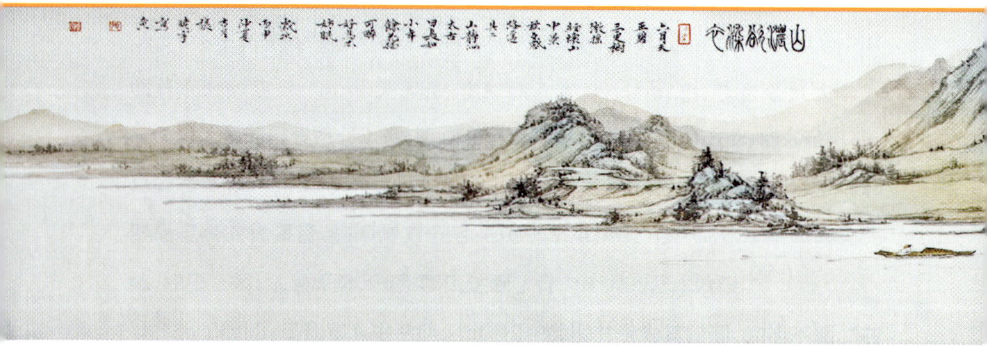

《山澜欲染云》张晓宇

目　录

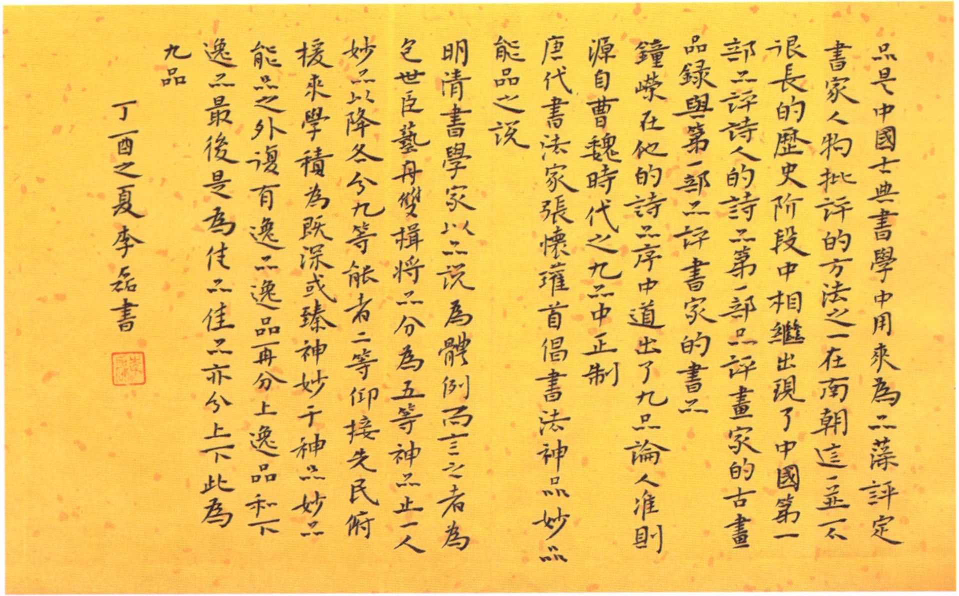
品是中國古典書學中用來為品藻評定
書家人物批評的方法之一在南朝這一並不
很長的歷史階段中相繼出現了中國第一
部品評詩人的詩品第一部品評畫家的古畫
品錄與第一部品評書家的書品
鍾嶸在他的詩品序中道出了九品論人准則
源自曹魏時代之九品中正制
唐代書法家張懷瓘首倡書法神品妙品
能品之說
明清書學家以品說為體例而言之者為
包世臣藝舟雙楫將品分為五等神品止一人
妙品以降各分九等能者二等仰接先民俯
援來學積為既深或臻神妙于神品妙品
能品之外復有逸品逸品再分上逸品和下
逸品最後是為佳品佳品亦分上下此為
九品
丁酉之夏李磊書

《九品》　李磊

故园在西北，
耕作清晨曲，
牛羊憩田间，
游子忆乡愁。

艺路秋实

《乡下农事》 王雁路

“在清水里泡三次，在血水里浴三次，在碱水里煮三次，我们就会纯净得不能再纯净了。”

——托尔斯泰

高柳垂阴

阅读张贤亮是从他的著作《习惯死亡》开始的。《习惯死亡》正符合了我青春期的一些理想，打算阅读经典，又不想太过正统，更不愿思考过深。

《习惯死亡》是西方意识流的调子，而那时中国的文学界正流行这种调子，格非、余华、马原等作家将西方文学的意识流运用得得心应手，似乎正在成为上世纪八九十年代中国文学的主流。当然，阅读张贤亮这部中期作品还有一个原因，《习惯死亡》的封面是山鬼图，裸女配猛虎，看上去魅惑十足。

我父亲与张贤亮同在一个单位，得父亲的引见，我与张贤亮的关系自然要比一般的文学青年近许多。

记得那是1996年的一个冬天，张贤亮在宁夏文联三楼的办公室里写字，桌上铺满了宣纸，辅桌上好像还放着一杯凉咖啡。张贤亮的桌子大，好像是红木的，皮椅很深，是那种弹跳自如的沙发，那可能算得上文联最气派的办公桌椅了（我去过其他领导的办公室，都是陈旧的）。张贤亮手中握着一支大毛笔（江湖书画家常拿的那种唬人的笔），桌上没有碑帖，就在铺开的宣纸上随意书写。我父亲说明来意，张贤亮思考片刻，冲我笑笑，说道：“好啊！虎父无犬子，希望你以后出息，我就给你写个‘奋进’吧！”说完，他提笔蘸墨，挥毫运势，气势夺人。张贤亮所用毛笔较大，写出的字看上去粗壮遒劲，饱满挺劲。张贤亮写了一幅，不满意，揉搓掉，再铺纸写，仍不满意，直到第三幅，方才停笔说："就这幅吧。"那个时候的张贤亮还没有把书法当作商品对待，只是他的名气大了，求字的人多了，书法自然成为他与人交流既高效又体面的方式。我想，张贤亮那时一定想到了苏东坡，苏东坡天生一健笔，写无数千古绝唱！练字既潇洒又体面，符合了他当时的心态。

纵观历代文人书法，苏东坡、黄庭坚、范仲淹等，他们无不个性突出，独树一帜。在两宋文人看来，书法是文化知识阶层的一种"雅玩"，是表现文化人价值观、人生观、学习修养及性情趣味的一种艺术形式。他们不喜唐人崇法，摒却求工，转而进入自觉尚意的审美时代，将哲理性、书卷气、风格化同时介入书法创作。于是，两宋书法开始以一种自由抒情的新面目出现在世人面前。因此，两宋文人在力图表现自己书法风貌的同时，也喜表现出一种标新立异的姿态，使学问之气郁郁芊芊发于笔墨之间，给人以自由抒写的审美意趣。

依此想来，张贤亮那时的书法作品应是有"书"而无"法"，用大笔书写恰好是掩盖其"法度"欠缺的聪明之举。其实，张贤亮到影城后，才算真正开始研习书法，每日临帖，终成一家面貌。与众多从小习书的书法家相比，张贤亮的书法艺术源于他的天赋和灵性。可以说，首先是因为他出了名，所以他的书法才被大家看好。

2000年以后，张贤亮的书法被热捧，去影城求字的人络绎不绝。于是，张贤亮提出了书法要卖钱的观点，一时引得舆论哗然。但争论了一阵子后，书法还是按照他的说法走向了市场。其实，张贤亮并不是这一观点的受益者，他更多的是想通过此举推动书法走向市场，再度强调脑力劳动的价值。这一举动为日后书法家卖字取酬找到了权威依据，也应算是张贤亮对宁夏书法家做出的重大贡献。

2008年，一次作家聚会时，我父亲与张贤亮再次见面。那时，张贤亮的书法已经按平尺计算，求字已很难张口。文人在一起，免不了谈书法。张贤亮说，"我只是个业余书家，书法作品应叫毛笔字，有字而无法度。"其实，张贤亮是自谦。他在影城的十年，临帖已经相当纯熟。那些年，我父亲也在习练书法，因此谈得还算投机。临了，张贤亮书赠我父亲一首诗，《古松书赠》：

临风不受始皇封，
只作荒山一古松。
莫问当年霜雪事，
今日闲话尽从容。

从张贤亮写的这幅作品内容看，古松既是自喻，也是与朋友共勉。这首诗也正应了他曾经在一次宣传会议上说的那样，“官员越老越寂寥，文人越老越吃香。”张贤亮性情的率真与狂放可见一斑。

张贤亮的书法率性狂纵，正所谓“天马行空去，风云任舒张”，很难说是师承哪家。社会上流行收藏张贤亮的书法，奈何市场迷离，鱼龙混杂，不少仿字也应运而生。很多人向我打听张贤亮的书法价格以及甄别方法，令我不胜反感。依我看，无论收藏谁的作品，首先要摆正的是收藏的态度。当下，更多的人不是在收藏“书法”，可能只是在收藏“张贤亮”。这不能说不对，但至少是盲目与投机的表现。有人说，收藏不就是投机吗？此言差矣！收藏首先是一种对文化的态度，其次才算投资行为，而投机仅仅是利益博弈，毫无情感可言。我认为，收藏张贤亮的书法应该秉持这样的态度：其一，张贤亮的书法，才情第一，诗文第二，“写”在其次。比如张贤亮为我父亲写的书法作品，自作诗文，内容尽显心路历程，体现出了文人内容为先，书法次之的特性。藏之，对人应物，能说出其思想内涵，也带出张贤亮其人其事，这才是收藏名家字画的首要考量。其二，张贤亮书法用纸讲究，多用底纹方格、爽滑绵软的纸张。其三，张贤亮常规书法用墨轻淡，用笔轻盈，正反面看，透墨匀均，清晰疏阔。其四，当然要看张贤亮所书内容。张贤亮的书法内容基本都是直抒胸臆的诗文，多与宁夏山川风物有关，很少复制古人诗词，与其平日的言谈举止步调一致，自信与胸怀充溢激荡于行文之间。

张贤亮是一位作家，他以深刻的思想与无畏的良知抒写了一个时代的记忆与伤痛，他的文学作品首先立于时代而后或可成为后世经典，这还需要时间慢慢沉淀。至于书法，张贤亮只把它当作一项“雅玩”，与他养狗、养孔雀大致可并入一类，纯属业余爱好，并不是什么了不起的事情。况且，张贤亮流通出去的书法作品不在少数，其价格高于一位专业书法家的润笔也算合情合理。如果非要追捧他的书法，那就不妨翻翻改变张贤亮一生的《资本论》，了解一下生产关系与生产力的关系，再考虑收藏这个行当吧。

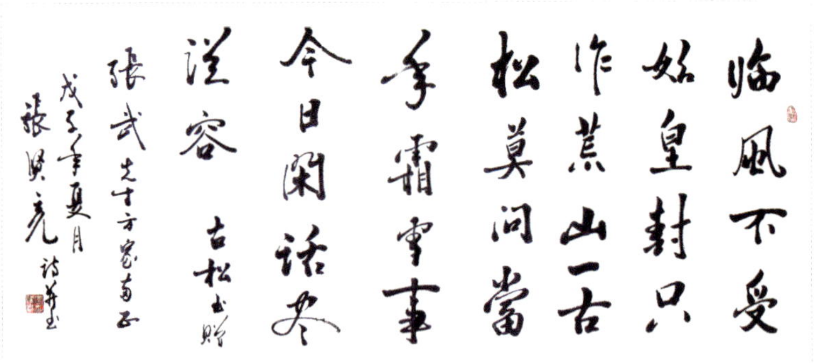

《古松书赠》 张贤亮

蕴蓄古雅

张武与张贤亮、戈悟觉并称“二张一戈”，他们仨在上世纪七十年代陆续登上中国文坛。他们是宁夏当代文学的代表人物。

张武因为上世纪七十年代在《人民文学》连续发表短篇小说而获业界好评，并提前进入中国文坛的视野。虽然那个时代的文学作品还缺乏一定的艺术水准，但张武的《看点日记》还是在曾经荒谬的时代尝试着发出了一次突出重围的呐喊。小说发表第二年，中国优秀短篇小说奖开始评选，《看点日记》以一票之差与中国优秀小说奖擦肩，留下遗珠之憾。

写作是一件残酷的事情，它更像跑马拉松，鸣枪过后，便是寂寞独行。一些人从写作的长跑队伍中掉队，还有一些人由于冲得太猛而没了后劲。张武坚持写作五十余年，有十五部著作问世，为那个时代提供了作家尽可能呈现的时代背景与个体生存样态。

张武退休后，开始作家向书家的尝试。学习书法正如他的写作，坚持与热爱，循序并渐进。退休多年，他除了读书，就是习练书法。他不宣扬，不矫饰，自娱自乐，把书法当作退休生活的一份乐趣，修身养性，怡然自得。

张武学习书法大体延续的是文人书法的路子。

几十年的写作功底练就了他诗书文章的扎实功底，具备了书卷气；几十年的握笔写字也形成了他独特的书写模式，毛笔字还留存着许多硬笔之势，于是只好绕过唐法严苛，以求达到“意造无法”的书写状态。当然，心态是古人习练书法胜于今人的根本。张武低调、内敛，与世无争，讲求心平气和。他曾经写过一篇《一清二白是吾居》的散文，讲述他搬入新家后对家装与人生关系的思辨，得到时任宁夏广播电影电视局局长张怀武的认同，并发表了评论文章。从这一点判断，张武先生是具备了习书的端正态度的，一不靠书法出名，二不凭书法获利。因此，书家主体精神世界的特殊性也就被这无功无利的书写彰显出来。读张武书法，学问之气发于笔墨之间，给人一种自由抒写的审美意趣。

正如张武给张贤亮一首七言诗中写的：

抛却乌纱谢官封，
野夫独杖慕雪松。
鼠雀涂染等闲事，
风雨阴晴自从容。

诗句内容超逸达观，形质力道劲骨。从张武这首诗的内容和书法上可以看出，张武在著书与书法之间正向着文人的真实性与平衡性挺进。这是一种可贵的精神。

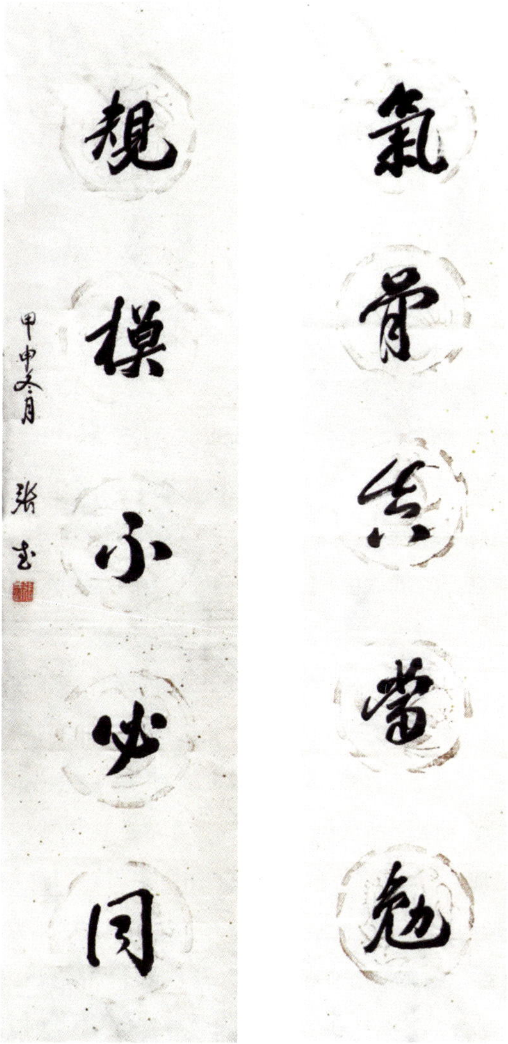

对联 张武

法贵天真

吴善璋的书法常被楼堂馆阁、学校、景区勒石题记，或行走于书籍封面。这些题字多见于百姓流通场地，目之所及，眼阔心明，颇为养眼。

吴善璋的字写得好！这是很多人的共识。吴善璋温文尔雅，不急不躁，待人接物淡定从容。综合吴善璋以往的书法，其特点如下：点画之间呼应对答，中锋、侧锋转换自如，书行之中顾盼有情，粗细线条相得益彰，丰腴清朗，耐人回味。

吴善璋书法的“跳跃”性在近期创作中显得更为突出，米芾字素有“八面出锋”一说，吴善璋书法的“跳跃”似乎离米芾更近，其实又不尽然。吴先生曾经深研米芾之帖。习米之人甚多，但独吴善璋高胜一筹。一些书家不是易于陷入谄媚流俗之态，便是一味放纵“跳跃”易失含蓄之美，而少“晋韵”、缺“米情”。察观吴善璋近几年的书法作品，能够看出他放手精研米芾精品手札等帖的变化。他在笔法上多中锋、侧锋、露锋综合运用，风韵自然而多姿；他以粗细灵动之线条自然过渡，形成优雅的乐章。字形不做强烈的欹侧，既出锋果断，又兼具含蓄，因此不失笔势飞动之神采。吴善璋近期的书法面貌应得益于其扩大习帖范围，精微细致察观米字，以及对书法收放关系的辩证感悟。其书法

"漫步"是用笔毫的浅锋跳跃，既呼之欲出，又稳如磐石。技法的向背关系与布局的节奏快慢，被他处理得和谐有致，闲情自得。

颜真卿的创新在于改变"行书楷化"，而创造出抒情达意的行书；王羲之的创新在于写出了行草的艺术性；苏东坡充分发挥了书法抒情写意的功能，任意恣性，开"尚意"之风气。清代书法家朱和羹说："作书要挥洒自己的性灵，切莫寄人篱下。"若以此衡量今人之书法，我以为能够写出自己性灵的书法家，方能入"品"，是古意新生的好作品。

吴善璋近期的书法作品，其性情的自然流淌，运笔的恣意率性，令人眼前一亮。以陶渊明的《饮酒（其五）》为例，陶诗情味深永，感觉和情理浑然一体，不可分割，是传统诗歌中脍炙人口的作品之一。吴善璋在书写陶诗时，将陶渊明真性情的自然流露融于挥写过程中，从容挥毫，随性而至。表现技巧则体现在中、侧、露、虚、实等的自然流淌上，故而才能在字里行间呈现出承上启下的节奏之韵、音乐之美。这种"忘情"状态下的纵横驰骋，是一个有修养、有思想的书法家长期积累、自然生发的过程，也是心理自信与成熟的高度体现。

吴善璋透露，他一直有个想法：精心创作出一批高水平、高质量的作品捐赠给地方博物馆、美术馆等文化场馆。如此，既能为自己的作品找到好去处，也能为大众提供可欣赏的艺术佳作，丰富群众的文化生活。

吴善璋先生是中国著名书法家。在吴善璋先生为本书题名一周年之际，笔者也衷心祝愿吴善璋先生"人书俱老"之际亦是其"通达会明"之时。

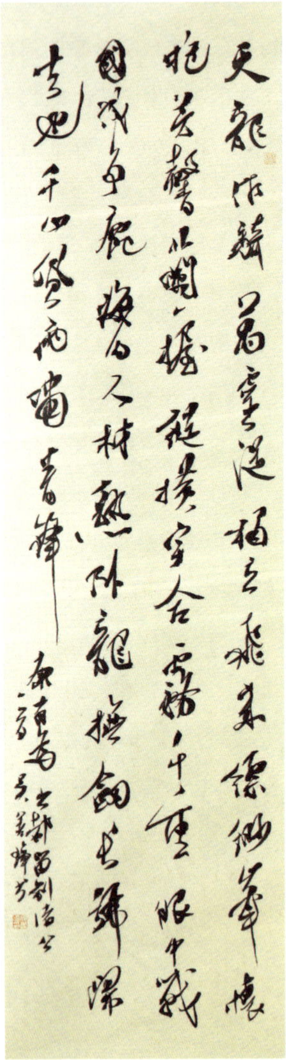

康有为《出都留别诸公》 吴善璋

云心月性

初到宁夏

1963年深秋的一个夜晚，灯光稀薄的银川冷冷清清。从北京开来的火车进站了。一个面容清癯、个子高挑的青年背着笨重的行李小心翼翼地挪步下车，一不留神，一脚踏空，跌倒在进站台与轨道之间的一个土坑内，铺盖卷随之散落一地……

青年叫张少山。上大学的时候，他在天津美院接受了严格的学院派训练，跟随张其翼、孙其峰等名家学习。在求学过程中，张少山系统学习了中西绘画技法。这个科班出身、学风扎实的青年人对西部心怀憧憬。当时，听美院的一位老师说，宁夏有回族，回族很漂亮！这让张少山更加向往。后来，张少山才弄清楚，老师去的是青海。老师错把青海当成了宁夏。

张少山在银川火车站一脚踏空的那个年代，宁夏美术事业与城市发展一样，才刚刚起步。这"不慎走错"的一步路，让张少山与宁夏美术事业结下了一生的缘分。

《高原情韵》 张少山

那时的银川城，唯一的二层楼是邮电大楼。解放街两侧都是低矮的土房。银川城看上去灰头土脸，一派灰暗萧条之气。这让张少山感到沮丧。但失望转瞬又被街头买来的一个西瓜很快抵消掉，这个两分钱一斤的西瓜又大又甜，物美价廉。瓜农憨厚直率的性情感染了张少山，这段小插曲为张少山与宁夏苦涩的“初恋”留下了美好的回忆。

一滴水的执着

在宁夏，专业院校的毕业生太少了，本来被分配到银川一中当美术老师的张少山被话剧团“抢去”，搞舞美，画布景。张少山想要描绘西北少数民族的美好愿景，不得不在颜料和刷子之间被渐渐搁置。但是，张少山是一个天生乐观的人，他把舞美工作搞得有声有色，经常深入生活，常被专业团体请去指导舞台设计。慢慢地，张少山有了名气，一批喜欢画画的少年追随而来。

张少山教画免费，笔墨纸砚也免费，孩子们挤在他那间十多平方米的办公室里，其乐融融。这个时候，张少山常会想起在张家口上中学时的一位叫丁香的美术老师。丁香心地善良，纯美无私，是张少山的启蒙老师。“赠人玫瑰，手有余香”，丁香曾在张少山的心里留下美好的记忆，他将丁香的纯美与良善根植于宁夏，缔结了不少善缘。

“文化大革命”结束，张少山被调到区群众艺术馆当馆长。单位变了，身份换了，免费教学生画画没有变。学生们追梦而来，圆梦而去，“文化大革命”后第一个考上西安美院的赵健是张少山的学生。一些寒门学子，一茬一茬走进张少山的画室，开启自己的艺术人生。很多学生现在已经成长为宁夏当今美术界的中坚力量。

一滴水的执着，汇成溪流，注入了宁夏美术事业这条宽阔的河流。张少山在美术教育事业方面宽厚仁爱的秉性给许多人留下了深刻的印象。

人体素描风波

张少山还有大胆革新、锐意进取的一面。民国时，刘海粟在上海美专的“人体模特风波”曾惊动整个上海。军阀孙传芳发出通缉令要缉拿刘海粟。这一公案奠定了刘海粟在中国近代美术史首倡人体模特的地位。六十年以后，在西北边陲的银川也上演了宁夏美术史上一出关于“人体写生是否有伤风化”的争论。1981年，张少山委托西安美院的学生联系到一位人体模特，在青铜峡一处秘密地点开设了人体素描课。培训班开班伊始，“情报”便被当地公安局“截获”。政府责成文化厅、文联调查处理，同时，也展开了一场人体模特“有伤风化”的是非讨论。幸好，曾杏绯、丁钧等一些老画家力挺张少山，张少山又找来刊有人体素描的《美术》杂志等证据，才算平息了风波。但正是因为这一次大胆的实践，从此翻开了宁夏美术事业的新篇章。同年，银川师专美术系开设了人体绘画课程。

1980年，宁夏歌舞剧《曼苏儿》获全国少数民族文艺汇演优秀奖。《曼苏儿》的服装设计者是张少山。据宁夏歌舞团演员，《曼苏儿》的主演王存琴回忆，剧目在北京民族文化宫一经亮相便引起轰动，后到多地演出。说实话，服装的设计出了头彩。

著名艺术评论家傅怡静这样评论张少山：“现在不少画家已经从盲目的激情探索步入理性思考的境界，练就了自己特有的语言形式。张少山便是这样一位画家。他将半个多世纪积淀的经验与修养融诸笔端，创作出冲淡和美、风神俊逸的水墨人物，自成一格。尤其在传统性与时代性的把握上颇具代表。”

少数民族题材是张少山所热爱的，作品里流淌着他内心深处的真情实感。甘南、川北是张少山常去的地方，他笔下的高士图，蕴藏着超凡脱俗的理想世界，现实的关注与理想的憧憬并存于张少山的作品之中，饮之太和，得之自然。

如今，张少山虽年逾古稀，但他的绘画题材更加宽泛：回乡情韵、高原圣途、都市丽人、宗教人物、古代高士、体操人物、域外风情、自然小景在他的作品中都有体现。张少山说，我这一辈子什么都干过，所以这一辈子什么也画。这也合了张少山随心、随意、随性情的豁达人生态度。

《藏族少女》 张少山

西北风情

胡正伟的画风狂野刚烈，意境深远，在宁夏名家里，他能师法笔墨传统，自成一家风貌。他的画中蕴藏着雄健沉稳与厚重激昂的边塞风情，在当今中国画坛有着极高的辨识度。

胡正伟以纵横八荒的气度与想象力，唤醒笔墨之性情、释放审美之意趣，无拘无束、率性自由地行走于高天大地之间，在巍峨险峻的雪山、坦荡广阔的草原驰骋。倾听清脆悠远的驼铃，挽着饱经风霜的牧人，拥抱一脸风霜的回族老人，追慕纵马奔驰的英俊少年，痴情于歌赞花儿的甜美少女……胡正伟长期浸润于西北民俗风情，使他的作品在写实与写意间弥漫着浓郁的英雄主义与浪漫主义情结。

胡正伟的创作内容，始终未离开过西北风情。他笔下的作品，多是古往今来西北的人与自然，人与历史，人与现实。他善于把丰富、繁杂的生活表象高度提炼，诉诸笔墨，以少胜多，以一当十。他作画经常是大墨块运动、小墨块配合，水和色呼应与对立，散峰点笔，然后再根据构图的需要细化，达到多一笔累赘，少一笔遗憾，端庄又严谨的画风，令观者产生强烈的视觉震撼与想象含蓄的空间艺术感观。

西部题材也决定了胡正伟艺术特色的高格之处。骆驼是最能代表西部精神的物像。胡正伟选择了骆驼。

上世纪八十年代，胡正伟的艺术人生刚刚起步，年轻的画家精力旺盛，梦想高远。他经常深入农村、牧区写生，体验生活。彼时的胡正伟在蒙古族人聚居的阿拉善左旗偶遇骆驼，便对它一见钟情。骆驼不畏严寒酷暑，冒风雪，御风沙，耐力超群。骆驼不为饮食或地盘争斗厮杀，随遇而安的淡然，感动了他。胡正伟低调寡言，性格温和、坚毅，对名利超然物外；对美术界的一些歪风邪气，不置一词，一切靠实力说话。

胡正伟说，他就像一头骆驼，既有豪放坚强的一面，也有沉稳内敛的一面。因此，胡正伟把骆驼当作通向自然的神灵之物，还把骆驼当作自己的人格写照。广袤无垠的阿拉善，随骆驼行走于天地之间，那股子苍茫、旷达、悲怆的西部情怀立时充盈胸怀，令胡正伟感慨万端，只想放歌一曲《天边》，抒发情怀。

一段时间，胡正伟觉得画卷里的骆驼过于安静，这与西部的自然环境似乎貌合神离。于是，有了胡正伟骑着骆驼穿越沙漠，过二十多米高的沙梁子时，被骆驼甩下沙坡的经历。

有一次，胡正伟想试试骆驼的忍耐力，就拿着棍子捅骆驼的屁股。第一次，骆驼只是甩了一下尾巴；第二次，面对胡正伟的挑衅，骆驼也只是抬起脚掌，向后撤退；当胡正伟第三次骚扰骆驼时，那头骆驼猛然朝胡正伟扑将过去。胡正伟一看形势不对，掉头就跑，但骆驼不肯作罢，紧随其后，追出二十多米。胡正伟实在跑不动了，腿一软，瘫卧在了沙丘上。平常和蔼可亲的骆驼此时变得龇牙咧嘴，一副睚眦必报的样子。胡正伟两眼一闭，祈祷上苍，希望能躲过一劫。还好，骆驼只是朝胡正伟脸上吐了一口沫子，然后昂头挺胸，阔步前行。那意思好像在说：小子，别欺人太甚。骆驼的口水闻起来臭烘烘的，但劫后余生的胡正伟觉得，那应该算得上是骆驼留给他的情面了。

那次突发事件，让胡正伟进一步认识了骆驼。这种通灵的动物，在温顺的表象下透着一股子强悍，这正是他多年在艺术道路上苦苦追寻的力量源泉。

《塞外情思》 胡正伟

我的西海固

三十岁时，沈德志就明白：一个画家从绘画技法上升到艺术创作还需要找到生活的支点。

古往今来，没有一个人是靠模仿古人成就艺术大师地位的。三十岁的沈德志解决了怎么画的问题，剩下的就是要解决画什么的问题。经过艺术审美的筛选，沈德志将目光投向了西海固。上世纪八十年代初，很多人温饱尚未解决，精神上没有多少追求，“画家”对老百姓来说更是一个陌生而遥远的称谓。在没有艺术氛围的时代，沈德志注定是孤独的，一切只能凭自己摸索。在那个不受功利左右的年代，对沈德志这样一个勤于思考的“少数派”画家来说，时代又造就了沈德志的艺术实践。毕竟，敢吃螃蟹的人方能感受到稀者为鲜的美妙趣味。

1980年，沈德志背着画夹向西海固进发。西吉的窑洞是沈德志神往的地方。坐班车从银川到固原，再坐驴车从固原到西吉，需要三天的时间。到了西吉还得步行才能到达采风点——火石寨。第一次采风，他随性走到了火石寨的一个小山村。小山村依山傍水，七八户人家错落有致地安排在山岔河湾，炊烟袅袅，狗吠相闻。当时，天已擦黑，沈德志走下山坡，敲开了就近一

《大西北风》 沈德志

户农家的门……

西吉的农民是那样纯朴！沈德志与他们同吃同住，住连排土坑，吃土豆蘸盐。沈德志与村民一起下地劳作，耕田犁地，汲水打窖，整理柴垛……很快，村民们便被这个戴着红帽子的画家感动。当沈德志坐在山坡上画画的时候，村民赶来为沈德志端茶倒水，打伞遮阳。沈德志在这个小山村待了半个月，每天都在抓紧时间描绘窑洞人家的生活。

当沈德志要离开农家返回城市的时候，村民都赶来为他送行，一个劲儿地说着道歉的话："让你受委屈咧！让你遭罪咧！"村民的话让沈德志感动得掉下了眼泪。村民们站在塬上向他摆手，直到视线变得模糊……

这些画面深深地烙在了沈德志的脑海里，纯朴可爱的西海固人民啊！你们才是最可爱的人。沈德志从此坚定了自己扎根人民，服务沃土的艺术方向。

1980年，当沈德志敲开西海固第一户庄户人家的大门的那一刻，他就已经敲开了"西海固"的大门。从此，西海固迎来了一位和蔼可亲的"红帽画家"。西海固把自己最美的一面呈现给了这位"红帽画家"，沈德志也把西海固的山山水水融入自己的生命，幻化为画作里源源不断流淌着的"新鲜血液"。

骏马与花香

曾杏绯、马建军、马小佳，祖孙三代，艺术上传承有序，被艺术界传为佳话，也是牡丹世家留给人们的一幅兼工带写的屏风画扇。

如果说曾杏绯先生是牡丹的根，那么马小佳算得上是这株牡丹的叶瓣儿，马建军可以说是这株牡丹的主杆。这株牡丹根基遒劲、枝繁叶茂，无论是生命还是艺术都呈现出自然、健康，蓬勃向上的审美意象。而牡丹于马建军而言，既是阴柔的，也是阳刚的。

唯人品决定画品，这是中国绘画的品藻依据。曾杏绯先生毕生怀着对祖国的深厚情感，她在表现生活时，充满感恩，温润朴厚。曾杏绯的牡丹，花茎清新，花瓣秀雅，繁密疏淡之间散发着喜庆、祥和、舒缓、宁静的美。多年积淀，朴厚丰茂，曾杏绯这株盛开了一个世纪的牡丹已然成为宁夏文学艺术界的标志之一。

马建军从母亲身上秉承了宽厚仁爱的品性，既工于牡丹，品相自然不俗。马建军笔下，无论是墨色牡丹，还是设色牡丹，都富有韵律感。暗香浮动，似乎在花瓣周围幻化出了一层如诗的梦境，雾气般朦胧地流淌，淡淡的香气飘过纸背，令观者感到既亲切又温暖。在马建军的许多牡丹作品里，不难看出他对颜

《国色天香》 马建军

色的用心良苦，红绿黄紫，不拘于常，一些原本难以调和的色彩被他运用得别开生面，运用得清丽脱俗，运用得别有天地。

马建军的牡丹雅俗共赏，为世人乐道。但他不囿于牡丹带给他的赞美，于牡丹之外，凭借传统笔墨又开拓出一片金戈铁马、昂扬向上的时代精神，自成一貌，为这个家族的婉丽画风平添了阳刚之气。

生活中，马建军是谦谦君子，一旦开始绘画，便挥毫泼墨，表现出骏马一般的激情与奔放。

马建军的马有精、气、神，所画之马皆有姿态，单驹奋蹄昂扬，催人奋进；三马姿态丰满，或奋蹄疾奔，或顾首回盼，如征战沙场的将士，充溢着英雄气概；群马更具时代强音，画面张力十足，形成排山倒海之势。马建军画马简约洗练，线墨交替，水墨浑然，色墨柔和，达到了骨肉兼得的艺术效果。

除了绘画，马建军对书法研习也很重视，视书法为其日课，临池不辍。“书画同源”“画意入书”在马建军的作品中体现得更加具体。

西画解目，中画心仪。马建军深明此理，几十年坚守传统，创新传统，将书法练达的成果携款入画，一方面表明艺术主张，作画之意；另一方面可以书法一体地表现画之境界，为他的绘画作品提升了更多情怀。

人如书画，书画如人。观马建军的作品，让人体味到了他骨子里所蕴含的内敛美，也让人欣赏到了古朴典雅、文心万象的作品感染力。正如陆机所言：“石韫玉而山辉，水怀珠而川媚。”

中和之美

郑歌平先生的书法作品《满江红(怒发冲冠)》,刚柔相济,气韵沉雄。从这幅作品的格调能够看出一位优秀书法家内外兼修的功力。

《满江红(怒发冲冠)》言志,字里行间铿锵凌云,悲愤沉郁,扑面而来的是凛冽之风与浩然正气。词言情,诗言志,故曰:诗庄词阔。言情志之诗词,可谓是诗词中极高的境界了。林语堂先生曾说:一切艺术问题都是韵律的问题,无论是诗词的张弛有度,还是书法的短长疏密,其中都蕴含着一种节奏与韵律的美,使人陶醉其中。

纵观郑歌平的书法《满江红(怒发冲冠)》,既有文学内涵、人格写照,又有音乐的韵律,深藏画之意境,潇洒飘逸,格调高雅,厚重高古,是一幅学习书法鉴赏、提高审美的范本之作。

书法乃心画,诗词乃心志。书法与诗词琴瑟共鸣,自古是美满的联姻。一个书法家选取适合表现自身修养和人生态度的内容,不仅与自己的偏好有关,还与个性密切相关。

郑歌平先生曾是文联的掌门人,亦是一位有正气、法度谨严的书法家。

郑歌平数十年学书经历,可用四个字概括:不离字帖。他不但重视临帖,

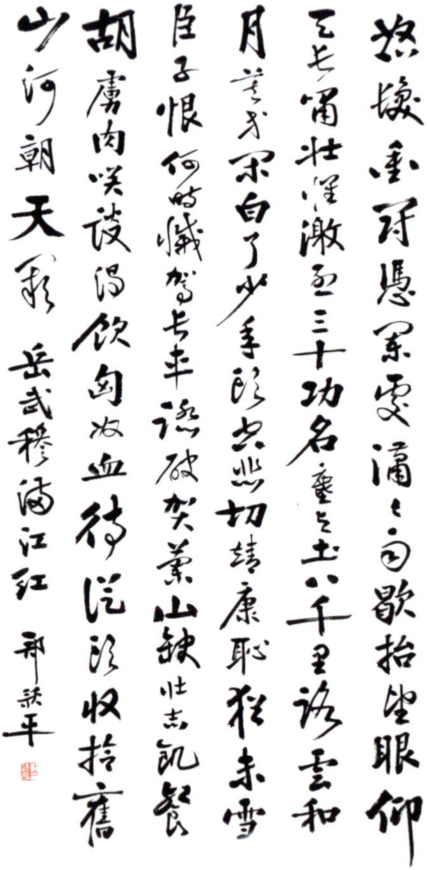

岳飞《满江红》 郑歌平

还十分重视读帖。三十多年来,他对王羲之、颜真卿、柳公权等诸多大家名作潜心研习,不懈怠,不满足,自省其身,谦和谨慎。时光不欺有心人,他的书法成果有目共睹。郑歌平的书法作品入展全国第五、六、七、八届书法篆刻展览,第七届全国中青年书法篆刻展览,第一、二、三届全国正书展等。获第七届、第八届书法篆刻展全国奖,第三届正书展全国奖。获宁夏第五、第七届文学艺术评论奖一等奖。荣获中国书法家协会"德艺双馨"会员称号。

当下书坛呈现一派繁荣景象,但不容忽视的是,在书法艺术革新的同时,书界的浮躁之气盛行,丑书之风甚嚣尘上。一些书法作品,自以为"奔蛇走虺,骤雨旋风",貌似狂放不羁,率性而为,实则任笔为体,随意造字,点画荒率,闭门杜撰。不但观者不识,时间一长,自己也难辨其意。

郑歌平的楷书,远习颜、柳,近研清人民国书风,法度完备,在前辈书家的基础上有所探究,形成自家风貌。他的楷书,结体规范,毫锋饱满,庄严守正;线条匀称,刚健有力。尤以语言艺术、书法艺术、绘画雕刻艺术三度审美为一体的匾额题字为佳。著名书法家吴善璋这样评价郑歌平的书法:"出规入矩,中和之美。"

每临全国书法大展,郑歌平必会主持宁夏书法备赛临帖班,动员鼓劲,与书家交流心得,体会妙悟。郑歌平很重视艺术理论对书家修为的影响,经常向宁夏专业媒体推荐德高望重、书论双修的书家,希望通过老艺术家的学习之道为年轻书家引路垂范。他提倡书家读书,并向晚辈推荐经典书目。郑歌平涉猎精严,在戏剧、文学、体育方面亦有实践。长期的手不释卷,使他更多显现出文人的内涵与修养,这得益于他对传统文化的推崇备至,及至审美情趣等多方面的渗透融洽。

墨韵朴茂

曾经，马学智抽烟抽得凶顽，一天两盒“骆驼”烟，这样的烟龄逾三十载。然而，戒烟在马学智却在突然之间。想来，这突然之间戒掉的烟，不抽也已经七八年了。马学智戒烟似在盈尺之间，暗含着四两拨重的巧劲儿。不像别的烟瘾大者在戒吸之间徘徊不定，费了多少力气，到头来或许还是以失败告终。

马学智以楷书起势，凭草书闻名，行书亦洒，多年习练楷书未曾懈怠。这正合了孙过庭《书谱》中所论，“初学分布，但求平正；既知平正，勿追险绝；既能险绝，复归平正”的艺术论点。

一朝戒烟与卅年习书之间有什么内在的联系，这似乎可以在著名评论家尹旭对他的述评中找到答案——

学智给人的“表面”印象，总是慢条斯理、不温不火；不见他有匆匆忙忙的时候，也不见他有“着急上火”的时候。但这只是学智的一个方面，是一种尚属“表面”的现象。这“现象”背后的学智，实际上是一个很有主见、很有激情的人。因而，无论对人对事，学智总有自己的想法；而他只要有了自己的想法，便是绝对不会轻易放弃的。

马学智小楷日课已逾三十年。每日或一次二十分钟，或半小时，或一日数个十分钟，视每日的情况而定，没有一个固定，但总算是坚持下来了。初始，马学智总觉别扭，时间久了，习惯便成了自然。再往后，便有了若不写几帖似乎一日内少做了什么事似的，非写完几页后心情才得舒坦。

很多圈内人，他们把书写环境收拾得十分舒适：硕大书案，精雕砚田，别致笔挂，尚古笔筒，玉质山子，再在眼前摆几样田黄印章，条件再好的便整个墙面收拾成壁挂式书画墙。然而，马学智因诸多原因不能这样铺张。起先，马学智寄宿于一间小土屋，后有了一间半斗室，再后分到两间平房，以后的两室两厅的楼房在卧室内仅能安置“书桌”一张。马学智的书桌也是茶几或者餐桌。那时，他调侃地在书作上落下“五味斋”“八味斋”的堂号，意即多味杂陈，如鱼饮水，冷暖自知。既无硕大的书案，也无名贵的利器。古人云“工欲善其事，必先利其器”，是说先器后事的过程。回顾以往，马学智对善书、善器有着自己的主意。他认为，器为人服务，那是从属地位，不可过分求精，也不可次序颠倒。在艺术领域，人的主观能动性才是决定书画艺术高低的关键因素。黄山谷有言：善书者不择笔；陆俨少的大部分书画是在斗室的小桌上完成的。他们不会不知利器之作用，然而他们更注重人的主导作用。黄山谷、陆俨少正是马学智极其推崇的人。

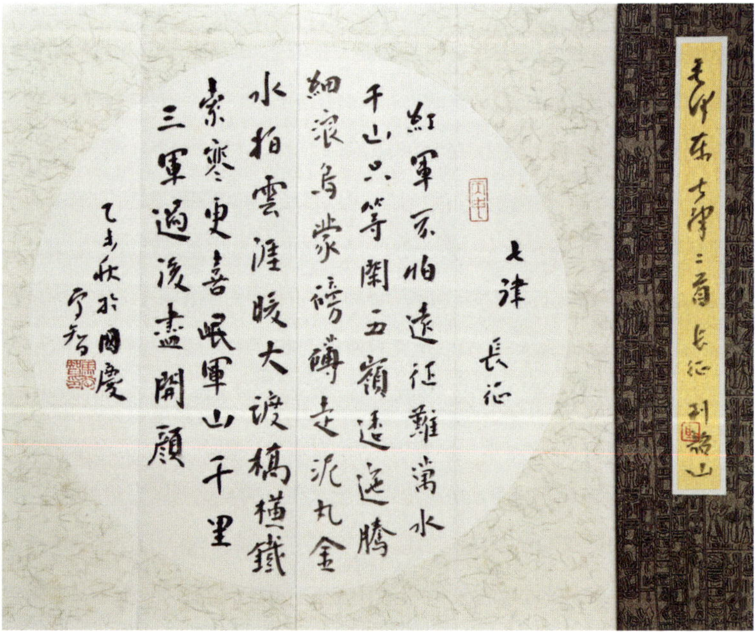

毛泽东《七律·长征》 马学智

华茂春松

六十年前，贵州省镇远县青溪镇一个封闭偏僻的小山村里，村民们日出而作、日落而息。每遇祭祀、舞龙等盛大活动，村子里的一个七八岁的小男孩总是跑在最前面，因为他对仪式道具上那些令人炫目的色彩痴迷而不能自拔。有一天，他也忍不住拿起了画笔，在龙灯上画下了他人生中的第一笔色彩……

若干年后，当王系松在贺兰山中仰望岩画时，脑海中便显现出家乡那些诡异多彩的民俗符号，那一瞬间，他突然明白了自己的使命：为笔墨，为丹青。

王系松小时候上学走的路都是山路，崎岖不平，需要爬坡上坎，但他风雨无阻。十里山路，苦中有乐，看那葱郁的树木、湍急的溪流、飞翔的鸟儿、层层的梯田、满坡的花儿……都是童年生活的色彩。对自然的纯美记忆，影响到王系松一生的审美趋向。小学毕业后，他到镇远县唯一的一所初级中学——镇远中学学习。三年后，贵州民族学院附中美术班的老师来镇远中学招生，选拔上了王系松。1961年，王系松以优异的成绩考入了贵州大学艺术系本科国画专业。师从宋吟可、王渔父、孟光涛、方小石诸名家，为他后来的教学辅导与绘画创作奠定了良好的基础。

王系松二十多岁来到宁夏，扎根西北，如今两鬓斑白，儿孙满堂。想起初

《墨竹》 王系松

来宁夏时的情景，王系松历历在目。毕业后，他服从分配来到宁夏，先后担任石嘴山市文化馆美术组组长、馆长，石嘴山市文化局副局长，石嘴山市美协主席，承担起发展石嘴山美术事业的重任。他办过美术培训班，培育了一支业余美术队伍，使山城的美术创作呈现出勃勃生机，一批美术人才脱颖而出，石嘴山文化馆成了宁夏美术创作的主力军。

曾有两年，王系松奔波于贺兰山间，普查文物，研究岩画。经过王系松与他人整理的拓片第一次在北京、天津展出时，引起美术界和学术界的轰动。他与人合作出版的《贺兰山岩画（拓本）》是宁夏最早的岩画影像记录。后来，他还为“1991年国际岩画年会”在银川召开作出了努力，这也是令王系松倍感欣慰的事情。

王系松绘画汲取众家之所长，工写兼擅。除了研究国画外，他还涉猎美术领域的各个学科，从中汲取营养，丰富创作语汇。观其所作，古味新姿相生，洒脱恬静并存。无论工笔重彩，还是水墨浅绛，王系松的画皆笔意清新，墨韵隽永，形神兼备。

1987年至今，王系松教授宁夏书画函授大学及宁夏老年大学的学员们学习国画，他深入浅出地讲解、耐心细致地示范，深受学员欢迎。在王系松看来，能用一技之长为弘扬传播中国绘画艺术贡献力量，再苦再累也是值得的。多年来，他为社会公益活动慷慨捐赠优秀作品达百余幅，受到业界赞誉。

花中行者

善良的心灵培育美的艺术，美的艺术反过来也陶冶、净化善良的心灵。沈利萍的爱心鲜明地体现在她的作品中，同样也反映在她的生活之中。

沈利萍的绘画艺术，记录了她的人生轨迹。小女孩形象系列作品，再现她的“心象”——“能把天上飞的和地上跑的在一张画里表现出来，那就是最了不起的。”童年，父亲的这句话，开启了沈利萍通往艺术世界的心门。那时候过年，父母亲总不忘在艰难困苦的岁月里，往简陋的小屋墙上张贴年画。他们对生活的坚定信念，一直影响着沈利萍后来的人生选择和审美判断。少女系列也源于她多年的教学生涯，她眼中的孩子，包括每一个人的童年，她觉得都应该是这样美好而纯粹的。少女的恬静与甜美，才能表现她心中对美好生活的向往。当别人赞美她画中的少女怎么那么安静而恬淡的时候，她总是说，这就是我眼中和心中的孩子和孩子们的童年。这是她创作中的内在专注投射出来的“镜像”，犹如“一轮圆月耀天心”，屏蔽了生活中的苦难和芜杂。沈利萍画中的少女形象，是她描绘的另一个“我”——“女性内心思想的微妙感悟，温馨淳朴，裹挟着对造化万物体悟后流畅笔端的真诚，带着女性所独有的情绪化特质和灵动的气息”。这是她对自己笔下少女系列形象的独白，那都是她心中恒久难以释怀的爱与美的女神的集合。

沈利萍的荷花系列作品，展示出她内在修炼的另一面。描绘荷花的美，除了我们已知的那些，我第一次在沈利萍的作品中，感受到荷花“流动的韵律”。“薄薄的轻雾浮起在荷塘里”，这样的朦胧美在她的画面上能表现出来，那些与风一同摇摆的花儿，空气从荷塘穿过的宁静……隐隐表现出一种视觉上的动感，成全了沈利萍荷花的与众不同。

荷花，其生命的色彩，从最深的污泥浊水中生发出来，这就是她与众不同的地方，这也成就了她花中行者的品质。沈利萍的荷花，是经历几十年的心灵磨砺才成为出水芙蓉，亭亭玉立，她与荷花如此心有灵犀。又是什么，成就了她的艺术人生？面对那些不堪回首的苦难，她始终怀着一颗感恩之心：孝心成就了事业，爱心成就了未来。“低头弄莲子，莲子清如水。”沈利萍的诗情画意，写满了疾风掠过水面的沧海桑田，她把景与境的对应关系，用荷意再次写真写实了。因为她的人生，也是在这样的修炼中成就的。

《少女》 沈利萍

静气超逸

一新少聪慧，善笔墨，父以为异，留心，多激励。总角喜画，束发求艺，然先夯实基柱，控制心力，非同龄所能及。弱冠之年入学陕西师大，抱朴若素，上下求索，历经四年，积累丰厚。虽学时有涯，却能目及关中民风，浸润长安画派。一新学艺不为炫技博彩，不拘一业得失，笔墨间皆为尽览天地灵气，直抒胸臆完善自我修养而来。

一新毕业后，执教于宁夏大学，传道授业，回馈家乡。然，一新心向高远，格物致知，同年，拜于戴敦邦大师门下，寻求高古之韵，始于斯也。

戴敦邦，江苏镇江人，自称民间艺人，习近古，性公义，深受中国传统文化熏陶，画风独立，深追中国民族艺术精神。戴师擅人物，工写兼能，以古典选材，好古装人物，画面气魄宏大，笔墨雄健豪放，形象生动传神，画面雅俗共赏。忆往昔，我等倾心之连环画册，吾辈喜爱之血肉人生，经典人物皆出自戴老之手。其中，尤以《水浒传一百零八图》为最佳。至今目睹影视剧英雄，依童年之印象，索人物之性格面貌，叹豪侠英雄之举，辨奸佞宵小之辈，好不畅快淋漓！戴老之功，令我等晚辈受益良多。

中国历史，是非成败，皆由人品。《左传》《史记》《三国》《水浒》，皆以古典人物为丹髓，人物详尽，精神周致。“仁义礼智信，温良恭俭让”，为庙堂立本，为民间立言，此乃中国传统士大夫文人待人接物之准绳，也为民间道义亲情手足之家训，依之溯源，上慕春秋大义；顺流而下，平视阴阳两界。人物精神，朴茂丰厚，佛龛雕像清俊秀丽，此乃时代之风范，众生之心源。儒释道为尊，千百年未曾易位。

一新追随戴师，深谙古典精髓，穷尽典籍，格物事理，温婉雄强并行不悖，题书入画相镶表里。如此，一新笔下人物，高古典雅，恢宏大气，细腻探微，婉约祥和，金戈铁马，恣肆铺排，昂扬奋进。都市情怀，亦能当随时代笔墨。

一新外表谦和温润，内里执着进取，心手双畅，从不懈怠。于而立入学中国美院，随刘国辉老师研习水墨人物，重染淋漓墨气，洞悉国画精要。于刘老师处见气韵超逸之美，于戴老师处显质朴厚重之美。

一新形容，南人北相，亦孔武有力，亦清癯静雅；画作南风北渐，水墨白描，多种画体，共盛繁茂。而立之年，创作《水浒忠义堂》，荣膺国展，摘取银奖。不

鸣则已，一鸣惊人。业界为之称道，青年奉为楷模，一新声名远播。

乙未岁尾，贼人觊觎，一新画室百余精品画作失窃，与老师合璧之作皆在此列，画界一时为之震动。公安重视，通报协查；朋友关切，舆论支持。

余年前曾与一新会面，正逢一新画稿失窃两日。然，一新微信笑谈猴年画作，笔意含蓄，言辞幽默，未曾因画稿失窃迁怒于人，宛若平素。一新痛失画作，待人如常，正应了古语：每临大事有静气，不信今时无古贤。

静气之外有境界，静气之内有修为。诗书涵养，内化于心，静水深流，外化于事。表里合一者方能无欲，无欲则刚，无欲则静。

得道多助，失德寡助。一新作画，满纸忠义，关公儒雅，钟馗威猛，两神护佑，贼人自毙。

丙申年初，案情告破，追回画作，众友称庆。一新多年沐手，绘制佛心，广结善缘，福报所依。水墨精品，馈赠宁博，充实馆藏，丰富人文。

一新广植福田，善哉乐哉。一新德艺双馨，如是我闻。

《清水出芙蓉》 周一新

高蹈翰墨

丁波出道早，路子正，首届兰亭，就位列其中。丁波书法作品曾入选第三、四、七届全国书法篆刻展，入展首届中国书协会员优秀作品展等多项国奖，在此不做赘述。

丁波书法上的造诣自不必说。我倒是对丁波书法以外的事情颇感兴趣。

丁波性格开朗且健谈，与他相处，让你感到轻松与开怀。开始，你会为他的那些虚名所忌惮，不敢造次。相处多了，便会发现，丁波人特随和，这种随和会拉近彼此间的距离，让丁波有了邻家大哥的亲切感。如果你有幸与他同坐一车，车里人多，热闹，那就是有福气了。只要丁波的话匣子一开，音乐舞蹈、书法美术、国际形势、国内热点都会从他嘴里变魔术一般花样翻新，娓娓道来。丁波说话利落，音色低沉而高亢，还有动作修饰，绝对有滋养三观的功能，令人忍俊不禁。正如他的草书作品，行云流水，大开大合，笔韵之间流淌着一股子男人敢作敢为的真性情。

丁波说话直截了当，不拐弯抹角。谈文论艺时，即使你是那个要为他歌功颂德的鼓手，他也不随意附和，而是会另辟蹊径，阐述他的看法，三两句话，指点有力。比如，丁波说时下的艺术评论，观点相近，行文同质，一些大而无当的

“观点”放在甲身上是极好的，放在乙身上也是不错的。这样的“面具式”评论充斥着一股子“方便面”的味道，不够家常，缺乏朴实，没有了新鲜味道。

丁波首先是一个有趣的人。这种趣味表现在他首先脱离了“高级趣味”，脱离了假大空、高大上。但这并不代表他是一个“低级趣味”的人。丁波的趣味在于他的智慧能调和两者之间的短板。你若考他丁波的“波”作何解？他会说，波嘛，就是水的皮，皮之不存，水将焉附？有时候，丁波会在落款时在“波”字三点水上多加几个点。你若再问，作何解释？丁波会说，世间仿波者俱增，魔过一尺，道高一丈，我只好改“水的皮”为“皮的水”，也算防伪商标。说完，三声大笑。

丁波是一个健康的人。这种健康，一方面源自他内练书法，提升修养，常年浸染文墨，使他看上去清癯儒雅；另一方面还在于他喜好乒乓球运动，每到周末，便约上妻子来到唐徕渠畔的公共球场，挥拍开练，一练一个上午。丁波打球，喜打远台，削拉搓杀，技术全面，远交近攻，从容不迫。丁波打球，亦喜欢与对手保持一定距离，并为他人制造扣杀的机会，一般情况，一两拍子很难达到绝杀效果。丁波乐得其所，推挡之间尽显从容与潇洒。

丁波还是一个精通音律的人。丁波在文艺团体从事过器乐演奏，丝竹之乐，他都能鼓弄两下，尤擅笙竹。当然，丁波最喜欢的还是唱歌。丁波风流倜傥，气质清雅，站在台上很有艺术范儿。他的音域宽，歌路广，通俗、民歌、美声都能信手拈来。这种本事在艺术界并不多见。丁波唱歌不藏着掖着，不端架子，有求必应，唱必认真。每临文艺界聚会，大家的目光只要往丁波身上一落，丁波便起身上台，若翩翩君子，怡然大方。他往台中央一站，唱得台下掌声不断。那叫一个范儿。每每看丁波挥笔走墨就想起他唱歌来。凡有笔会，丁波总是性情开笔。丁波写草书就是写性情，一开笔如滔滔江水，奔流恣肆，洋洋洒洒，无拘无束。只要写开，非等自己写舒服了，才肯罢手。这节奏感使我想起李后主的一句词：恰似一江春水向东流。

颜真卿《劝学》选句　丁　波

敬重与惜别

陈忠实先生去世的消息显得肃静而庄重，消息凝练而干净，一如陈忠实先生正派的人生。陈先生的噩耗如同你正站在甲板之上凝视大海，而在那一片平静的蔚蓝的海面之下，一头蓝鲸正在你的小舢板旁边游弋，如大山一般跟随，这种感觉既令人震撼，又令人惊恐。但这样的感觉没有持续多久，蓝鲸就从你眼皮底下穿行而过，隐没于更广阔、更深沉的海洋，如梦，如幻。这一次，我用最快的时间相信了一位名人的离去。陈忠实，一个属于文学的名字。

在我的印象里，陈忠实先生一共来过宁夏两次，一次是他获茅盾文学奖后的第二年，另一次是他随中国作家主席团来镇北堡西部影城开会。前后两次，相隔近十年，光阴荏苒，画面如在昨日。

1998年，应宁夏作家协会副主席张武、秘书长余光慧的邀请，陈忠实先生赴宁夏开坛讲座。先生当时五十二岁，恰是他获得茅盾文学奖的第二年，同行者还有陕西作家赵熙、评论家雷达。陈忠实、赵熙是陕西人，雷达是甘肃人，他们的到来为西北边塞之城银川注入了一股悍勇的文学风气。许多人加紧阅读《白鹿原》《雷达评论集》《大戏楼》等。从内心来说，宁夏作家更容易接受黄土与黄河水洗礼过的西北作家，他们的作品里涌动着开天辟地、吐吞八荒的野性与霸气。

上世纪九十年代的宁夏，中短篇小说已经取得长足的进步，以石舒清、陈继明为代表的年轻梯队渐次成长，但长篇小说除过张贤亮先生以外还乏善可陈。一批曾经在上世纪八十年代享誉文坛的老作家，不乏扎实的生活积累，却遇到了长篇小说创作瓶颈——如何在虚构与真实之间找到叙事能动，这是一个问题。请陈忠实先生来是想让宁夏的作家们学习取经，尤其学习长篇小说创作方面的“野心”。

讲座在宁夏沙湖宾馆举行。作为大会工作人员，我因此与陈忠实先生有了更多的接触。其实，那时我只能算作一名文学爱好者，只知道文学是写写读读，写作应该轻松一些。《白鹿原》也只在上大学期间看了三四章，之后把它归入通俗小说的行列。直到《白鹿原》获茅盾文学奖后，我才觉出它的珍贵来，借了一本粗粗读过，但依然没有太深的印象。现在想来，阅读的浮躁正是没有抵达文学本身的一种表现。

陈忠实先生平易近人，谈笑间张弛有度，深沉而朴拙，这种拙不是简单的倔，也不同于常人的憨，而是一种强烈的自信，这种自信就如同你看到秋天正待收割的庄稼，满满的、沉甸甸的，令人感到踏实和悦喜。

当时，一些人准备了《白鹿原》请陈忠实先生签名。我手头没有《白鹿原》，只好跑到商城书摊儿上临时买了一本。活动间隙，我把书递给陈忠实先生。先生眉头一紧，向我瞥来犀利的目光，他提高音量，说，怎么又是一本盗版？第一页就有错别字！一上午，这是我看到的第六本盗版书了！气氛顿时有些紧张，在场的作家们也有些责怪地看着我，好像在说，你读过《白鹿原》吗？作为一名文学爱好者，岂能不读几页分辨真假？我的脸一下子红了，买盗版书却让正版作家签名，这是一种怎样的罪过呀！陈忠实先生觉出了我的窘迫，语气缓和了些，他说，这也不能怪你，现在盗版太猖獗！说着，他还是在那本盗版书上签上了自己的名字。这本《白鹿原》我读了一遍，校对了不下一千处错误，后来，我把陈忠实先生签名的那页撕了下来，把盗版书扔进了垃圾箱。

陈忠实先生谈到他创作的三个细节给我留下深刻印象：第一个细节，《白鹿原》创作的格局是如何形成的？也就是作家们常说的小说的核心。陈忠实先生说他最喜欢的长篇小说是《百年孤独》，他一共读过七八遍，前面几页能背诵下来，这为他关于“小说是一个民族的秘史”的创作格局打下了坚实的基石。先生说他四十岁以后已经不喜欢看流行读物了，越是书店推荐的那些名头大的书籍，他越是敬而远之。先生说他更喜欢去县里、村里，去翻看县志、野史或农民手中留下的家谱孤本。一段时间，他留意到老县志里的一些大事件，这些事件大多都是只言片语，似乎其中许多的信息被埋没——大事件背后的小人物的命运，觉得小人物在大事件中死去，在他本人来看，常常不能释怀。陈忠实先生想为这个时代，也为那些隐蔽在历史角落里的灵魂说句公道话。于是有了田小娥的形象，有了白、鹿两个家族的分分合合，有了中国百年的历史交替，有了《白鹿原》的鸿篇巨制。第二个细节是谈创作长篇小说的节奏。陈忠实先生写《白鹿原》是舒缓而节制的，这样的书写建立在他对长篇小说的结构建置与明暗线索的巧妙搭配上，他并没有别人想象的那样没日没夜地写，悬梁刺股地写，死去活来地写。他说，为了写《白鹿原》，他搬回到老家的祖宅。老宅筑在塬上，出门就能看到沟岔河谷、人间烟火。陈忠实先生写《白鹿原》，给自己规定字数与时间，上午开始写，中午休息，下午回过头做些修改，四五点钟的时候搁笔，结伴夫人一起散步。这样的状态一直持续到写完《白鹿原》。第三个细节是陈忠实先生的眼泪。当他写到田小娥被鹿三杀死时，田小娥转身看到鹿三，凄惨地叫了一声“大”，陈忠实先生的泪水止不住就往下流。五十岁的陈忠实先生就这样沉浸于他小说的人物命运里不能释怀。这三个细节分别让我领略到陈忠实先生另辟蹊径的阅读、深沉悲怆的秦腔性格以及悲天悯人的作家情怀。

讲座结束后，我陪同陈忠实先生参观镇北堡西部影城。张贤亮早已等在那里。吃饭是少不了的，大人物坐在一桌，谈了什么，我们不得而知。当时，我的目标明确，求陈忠实先生一幅墨宝。其他工作人员也早有准备，在影城的一间办公室里摊开纸笔等候。张贤亮先生和陈忠实先生午饭吃罢，我们就把先生请进门口旁边办公室里。陈忠实先生一看这架势，连连摆手说自己毛笔字丑，不可示人，但架不住我们的热情，最后还是应允了。当时我不懂文墨之道，等别人题完才挤到先生跟前。先生问我要什么内容，我想了半天，弱弱地说了诸如“上善若水”“厚德载物”之类的词。先生夹着大雪茄沉思片刻，说，影城有诗情画意，那给你写个“诗情”吧！于是，写下“诗情”两个字。现在想来，还是自己读书少，让名人题字，自己肚中无货。

陈忠实先生第二次来宁夏是在2005年，这一年，中国作协主席团会议在镇北堡西部影城举办，他已经当上了中国作协副主席。

陈忠实先生坐在时任中国作协党组书记金炳华身旁。我特意给先生拍了些照片。闲暇之余，代表们闲游影城，三五成群，或拍照留念，或群聚游玩。陈忠实先生静候一旁，戴着席子编织的牛仔帽，手里夹着根雪茄烟，安静地看着代表们尽情体验影城的角色。我陪着先生，他话不多，三五句话递出去，才得到他的一些短语或者微笑。当先生走到清城城墙边时，我觉得城墙风蚀水剥的痕迹很是沧桑，与他的脸竟有了孪生兄弟一般的同质，就提议为先生拍一张照片。他点头同意了，于是有了他在清城城墙下的一张肖像。听说陈忠实先生的字都开始卖钱了，朋友向我打听先生的住处，并备好笔墨纸砚。当时在银川国际饭店吃的是自助餐，陈忠实先生的格盘里只放了一碗面和几粒水果。我问先生，为什么不多吃些？他说，七成饱最适宜，吃多不宜健康。我在与陈忠实先生吃饭的时候说起为朋友题字一事，先生说会议期间，别太张扬，让我晚上去。但由于我当天晚上去机场送人，回来晚了，就没有打扰先生。第二天，代表们各奔东西，这件事也就随风而逝。再后来，我寄去了自己的小说集并编发短信谈了自己对《白鹿原》的感想，陈忠实先生电话里告诉我，小说感觉很好，但要多读些历史，顺问我父安康。

多年后的2015年，当我的朋友想要陈忠实先生为他的杂志题字时，我在电话里与先生说起2005年未留墨宝之憾。一周后，我收到陈忠实先生寄来的题字：弘扬传统文化，甘为艺术先锋。不想，这竟成为陈忠实先生与我之间书信往来的绝笔！

如今，一代文坛巨匠陨落，睹物思人：白鹿原铸心千古留美谈，宁夏情仍忆当年陈忠实。

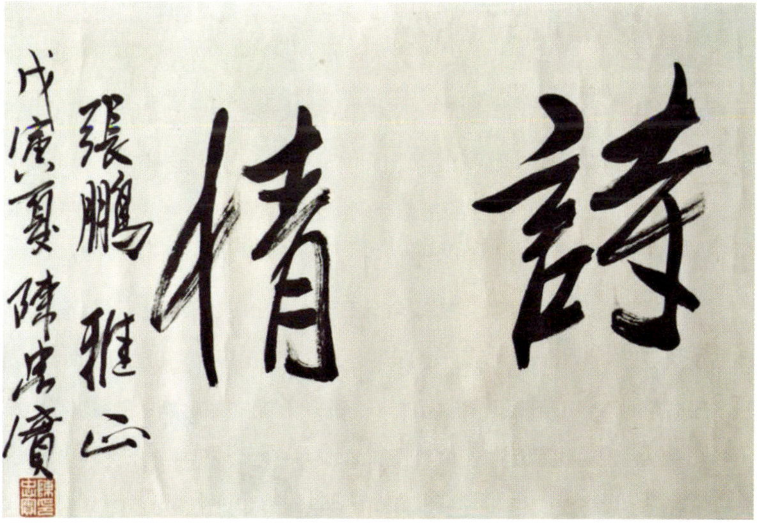

《诗情》 陈忠实

水浒 一百零九将

戴敦邦先生是中国传统古典连环画的领军人物，也是上海滩艺术界颇有争议的传奇画家，戴敦邦先生传承了清末海派画家任伯年的画风和笔法，无论山水、花鸟、释道、仕女等皆极精到。戴敦邦先生在前人人物线描画的基础上，既"继承衣钵"又"重起炉灶"，在《三国人物》《水浒人物》《红楼人物》里，泥古而出新，塑造出了名著人物绘画的"戴家样"。戴敦邦先生为电视剧《水浒传》创作的水浒英雄形象，被亿万观众所熟知。

2017年8月19日，上海书展，我慕名见到了戴敦邦老先生。宁夏许多画家也前往书展观摩学习戴敦邦先生书画艺术。

上海书展的规模大得难以想象：全国五百多家出版社带着十五万余种精品图书在两万三千平方米的地盘上争奇斗艳。各地的出版社，有的辟出了自己的签名售书天地，更多的出版社则共用着不多的几处新闻发布会现场，用以隆重推出各社引以为傲的头牌大将。置身上海书展，现场的人流正像一条宽阔的河流，每家出版社的展柜仅仅是河岸两堤的小小沙洲，水绕船行，缓冲分流。

戴敦邦先生当天下午有两场签名售书会，一场在中国邮政图书出版社，签售与儿子戴红倩合作的《上海小吃老味道》；另一场《群雄逐鹿·戴敦邦画说三国演义》是他正式出场。

我下午一点入场，一直坐在书展新闻发布会签名售书现场，等待前两场活动结束，好抢先占上第一排的位子。

我坐在椅子上翻看戴敦邦先生的《画外之言》。戴敦邦先生的画好，文章也写得好，篇篇行文短小，但文字间流露着自己对传统与绘画的思考，不媚不曲 ，不骄不饰，朴实真诚，自有一派古典风格。正准备跟喜欢戴敦邦先生的银川朋友微信谈感受，却听人群里传来一声惊雷："戴敦邦来了！"人群顿时炸了锅，大家都像非洲草原上警觉的狐獴，站起来向右张望：从南厅过道的暗处拥来一拨人流，行进速度比先前的人群舒缓许多，更像水面上立着一艘巨轮，巨轮之上的甲板前端，走着一位老人，他戴着方形墨镜，头发稀疏而花白，八字须、山羊胡也稀疏而花白。他走在人群前头，被旁人搀扶着，向主席台这边走来。站在后面的人都有一种急切想冲到他前面去的欲望，但他们还是按捺着跟随着缓慢的节奏，看得出，他们都对走在前面的这位老者非常尊重。众星捧月用在这个场合是再恰当不过的了。老人一边走，一边挥手向观众席致意，这让我联想到了被影视剧包装过的旧上海的黄金荣，但黄金荣没有他的仙风道骨气。老人穿白色的上海布衫子，着蓝色灯笼裤，脚上一双上海老布鞋子，墨镜挂在鼻梁上，眼镜与眼睛之间形成一个三十度左右的夹角。这样，他要仰脸看人，眼镜就全部罩住了眼睛，像个大佬；而他若要仔细看人，则会低下头，抬眼，这时，你会看到他一只眼睛眯成缝，另一只眼睛总想努力睁开，看去显出吃力的样子，这让我很快联想到另一个人——瞎子阿炳。但你从他的眼睛里能够看出他发自心底的微笑，似乎有点坏，又近似于憨厚的那种笑，这种气质对于受苦受难的阿炳大概是不具备的。这老人就是戴敦邦老先生了，他不是《水浒传》的一百零八将，而是创作《水浒传》一百零八将人物形象的一员。正如他的弟子徐建为他画的那幅《水浒一百零九将》的漫画描绘的那样，他更像

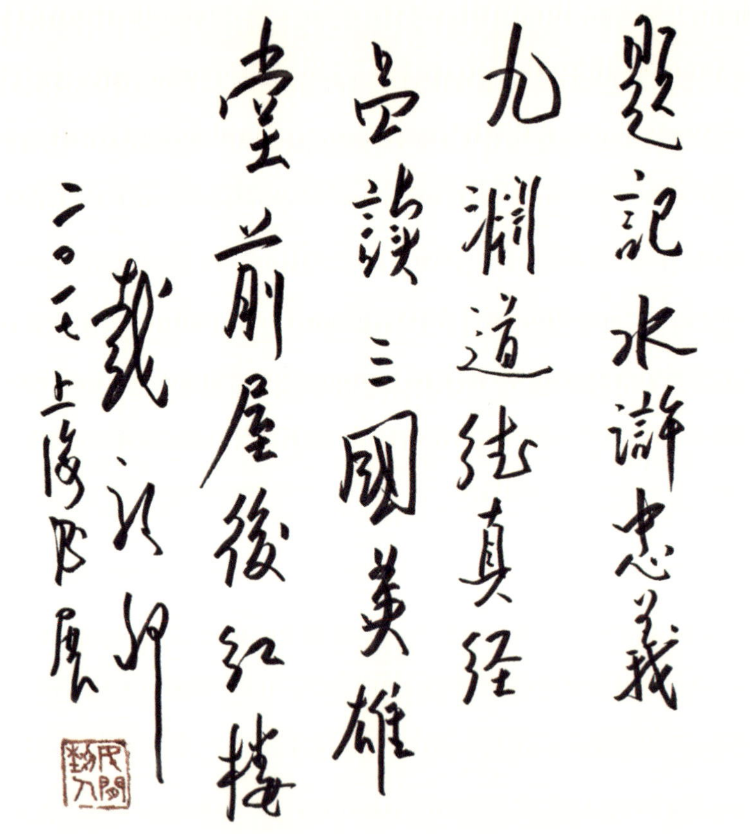

《给九品堂的题词》 戴敦邦

是“戴家样”品牌的“托塔天王晁盖”。《水浒传》里的晁盖虽不入天煞、地煞，却是水泊梁山的一手缔造者。戴敦邦先生不正是“戴家样”的创始人吗?“水浒一百零九将”那张画贴在戴老家中的冰箱上，他并不避人耳目，从中可以看出老先生骨子里长出的冷幽默。

在《群雄逐鹿·戴敦邦画说三国演义》签名售书开始之前的空当，戴敦邦先生站起来向大家介绍他的四个徒弟。第一个介绍的就是周一新。周一新是戴敦邦先生的大弟子，也是成就最高的。介绍嘉宾之后是“戴家班”合影，戴敦邦先生的儿子戴红倩率众弟子与戴敦邦先生合影。在上海书展，不乏名人杨澜、白岩松、敬一丹到场，但如“戴家班”如此书香世家的风范与老牌明星效应，也够得上书展最为独特的一道风景线。

我将事先拟定好的一首诗《题九品堂》，连同戴敦邦先生的《红楼梦人物百图》一起递给周一新，希望借周一新之手遂了我愿。

周一新爽快地接过，转身俯案于戴老面前。我看到，戴敦邦先生在与周一新耳语几句后，又把那片写着诗句的纸张端详了片刻，才刷刷地写将起来。不一会儿，《红楼梦人物百图》的签名页已经满满当当地铺满我的视野。

题记水浒忠义，
九渊道德真经。
品读三国英雄，
堂前屋后红楼。

这首签名诗把我和戴敦邦先生紧密地联系在了一起。

签名售书开始了。一边是排队等待签名的书友，将观众席围了半圈；一边是维持秩序的工作人员站在我这边。我虽坐在第一排，能拍到戴老的签名，却被警戒线隔住了自由，此时已进退维谷。我有心想去再买戴敦邦先生的图书，却被坐在我旁边抱着一摞"戴系"图书的山西小伙告之：戴老所有图书，三个出版社全部售罄！小伙子是山西的美术老师，特意赶来上海书展找戴老签名。八百元一本的《戴敦邦圆梦红楼秀画汇本》，有人竟然是一箱子、一箱子地让戴敦邦先生签。更多的人是拿着戴敦邦先生不同时期的出版物，由出版社工作人员一本本翻开扉页，码放整齐，让戴敦邦先生速签。负责盖章的两个小姑娘已经开始往泥盒里加油泥了，而且情绪已经变得烦躁不安。一位年逾七十的老者提着拉杆箱，在工作人员的引领下先别人一步拿到了一拉杆箱的戴敦邦先生签名图书，坐在观众席上，一本本翻看着，十分满意。还有一位五十多岁的中年人拿着一个本子，上面是戴敦邦先生的速写画像，望着戴敦邦先生忙碌的身影，他的神情显得疲惫而遗憾，他说，他想找戴敦邦先生在画像旁签个名，戴老同意了，却被出版社的工作人员清场。看得出，戴敦邦先生的粉丝大多数是1970年以前出生的人，他们在那个物质贫乏的年代看过一箱一箱的连环画和小人书，这些人也因为这些儿时的温暖记忆而留了对那个时代弥足珍贵的整体记忆。

《梁山一百零九将》 陈 建

花香蝶翩跹，

飞鸟戏林间。

客游人未至，

世间已春天。

艺路
夏花

《蝶恋花》 王雁路

原创精神

罗贵荣版画工作室的几位青年版画家们心无旁骛，以画养心，雕刻着这座城市不同于其他城市的艺术气质——沉静、舒缓、慈悲，或散发强烈深刻的文学意味。其中，罗贵荣以其朴实独特的版画语言，充满智慧的刻印技法，强烈的地域特征和丰富的精神内涵，跻身于中国优秀青年版画家之列。

十年前，参加一次宴会。罗贵荣说起他的一位画家朋友正在寻找首版《心灵史》。当时，首版《心灵史》很难在市面上找到。我珍藏着一本。罗贵荣说，版画与文学有渊源，作为中国新文化运动旗手的鲁迅看好版画的迅捷性与战斗力，倡导版画，对左翼作家联盟与左翼美术家联盟的成立起到了推动作用。版画作品与作家的作品互为表里，发挥了战斗先锋队作用。听了罗贵荣的话，我把珍藏多年的《心灵史》送给罗贵荣。至今，我还能记起第一版《心灵史》的封面：中景与远景是一座石碑、起伏的沟梁、残缺的土墙，以及西海固的那片干涸的黄土地……想来，那多么像一幅具有震撼力的版画作品啊！

正如《心灵史》的封面带给我的震撼，罗贵荣的版画作品为银川注入了信仰的力量。

油画和国画影响了罗贵荣的版画。罗贵荣的版画，流露着国画的人文气

《贺兰山》 罗贵荣

息，又不乏油画的语言和色彩体系，具备了自己独特的风格。相对于上海、北京那样的大城市，银川更容易让人安静下来。不安静，是做不了版画的，作品也难以蕴蓄安静的气息。这是优秀版画家的共识。

罗贵荣的作品《白盖头》获得全国版画金奖那年，罗贵荣整整三十岁。而立之年的罗贵荣开始将木刻版画丰富而新鲜的表达方式不断延展，不断尝试，在机械的形态运行里赋予版画生命力，并展现其独有的艺术魅力。自此之后的十多年时间，罗贵荣囊括了中国美术展包括金、银、铜奖在内的十多项全国版画大奖，为宁夏争得了美誉。《白盖头》《虔行者》《和平·和平》《阳光·阳光》《世纪之光》《走过清真寺》《飘》这些极具原创精神、美学态度及艺术家气质的作品给喜欢文学的我留下了深刻印象。欣赏罗贵荣的作品，会传递给读者深沉而宁静的美，这种美会幻化出一种力量，可以安抚一个人内心的烦躁与不安。

2013年，中国国家画院首批聘任二百八十五位书画名家为研究员。其中，版画院在全国共聘任二十一位研究员，宁夏文学艺术院专业画家罗贵荣是其中最年轻的一位，也是宁夏唯一受聘画家。中国国家画院是中国美术创作和研究的最高学术机构，它坚持民族精神与艺术精神，探索和建立一种新型学术体制与秩序，集中一批书画大家，完成国家任务，创作传世佳作。受聘国家画院，标志着他的绘画创作成就在中国版画界已处于领先地位。这不仅是他个人的成就和荣誉，更是宁夏的骄傲。

好作品能够为一个时代留下重要的生活信息，还可以留下人类的生存轨迹，这其中涵盖了一个时代的个体对一个时代美学的认识与态度。版画作品的美术价值正在于此，原创就是这种精神的核心体现。罗贵荣如是说。

静水深流

陈国鸿是江苏人，他的身上总带着些南方人诗情画意的细腻。陈国鸿长期在北方生活，使他细腻的性格里又增添了一份北方的大气与从容。

国鸿当过美术老师，还在新闻单位工作了十九年。在新闻单位，我与国鸿有幸成为同事。印象中，国鸿是一个非常低调的人，低调到人们常常会忽略他的存在。国鸿做过美术版的编辑。每周到了固定的发稿时间，我俩能碰面。国鸿来发排室发稿，在编辑中显得很特别。他总是不知何时飘然而至，择一桌而坐，并不四顾，亦不言语。如果你的注意力集中在电脑上，便不会发现国鸿的存在。当你意识到他在你身旁或对面时，他常会向你报以微笑，或点头致意。而当他离开发排室的时候，也是悄然无声。身体显得那么轻盈，像是怕打搅了别人工作似的，倏忽一下就不见了。似乎，国鸿在媒体工作的存在感并不强烈。这可能是他有意为之，或许，也暗合国鸿的心思。依我看来，在别人眼中看似轻描淡写的人物，往往在自己的志向里藏着举重若轻的野心。

国鸿的志向在于书法，而非新闻。只是，那个时候，我并不知道国鸿是这样一个表面柔和，实则行事笃定的“狠角色”。很多人知道国鸿大学学的是油画专业，后来还当过一段时间的美术老师。国鸿被调到报社做文化报道，大概是因为报社领导知道他画画的特长。这些表象会引导别人对国鸿的判断——爱画画的美术编辑。于是，国鸿更像艺术王国里的一个“卧底”，表面闲庭信步，内心静水深流。

后来，国鸿的书法作品连续进入国展，没过两年，他就被调到了银川市书画院，成了一名专职书法家。再两年，国鸿书法作品获得兰亭奖佳作奖。再后来，国鸿被选为银川市书协主席。艺术提升经历了仅四五年的时间。

国鸿在这短暂的四五年时光里发生着怎样深刻的变化，才能完成别人十几年甚至二十年才能达到的人生目标？后来，在与他的一次访谈中，我了解到他的内心，并为自己认知的狭隘感到惭愧。其实，十多年前，当国鸿还是报社编辑的时候，他就入展了由中国书协主办的“中国书坛第四届新人展”，并由此开始了书法艺术的探索之路。“中国书坛第四届新人展”这个成绩足以让陈国鸿称得上“书法家”，或到处卖弄一番，但国鸿把这个小惊喜埋在心底。当时报社许多编辑只知道国鸿喜欢写字，这个爱好在文化圈里还算普遍，也无甚惊异之处。报社请外面的书法家搞笔会，国鸿从来都是铺纸倒墨，旁观静默。他不会在别人面前提笔题字，也不在名家的场子凑热闹。他总是一副乐呵呵打下手的样子，这样很容易让别人把他当作书法的局外人看待。其实，除了正常工作之外，国鸿每天练字的时间是寂寞而漫长的。这样的“自虐”通常要持续到半夜三四点钟，即使是刚刚参加完一场盛大的聚会，他也能让自己安静下来，挑灯夜书，温习古法。如此强度和大密度的训练正是许多人通向成功的关键所在。现在想来，当时，陈国鸿在新闻单位没有写过一个字，也没有利用版面为自己刊登过一篇书法文章，这是多么久远而深沉的志向！这是一般人做不到的。

陈国鸿的成就是他站在传统经典的基础上，经过艰苦的“废纸三千”的临习，下足了硬功夫所取得的。正因如此，才会有陈国鸿书法作品那种云烟满纸从天落的线墨交融的气韵，那种“无意于佳乃更佳”的豪迈韵律。国鸿在书法的探索之路上是一个寂寞独行的人。他相信，热闹的人是做不好艺术的。

国鸿当上主席后没有威严高坐，而是为会员们，尤其是年轻会员办了很多实事。从第四届青年书法篆刻展到启动青年书法人才工程，从备战兰亭奖组织骨干培训班到银川市书法的未来人才规划，国鸿付出了自己的才智与汗水，赢得了广大会员的尊重与爱戴。这都是能看到的。

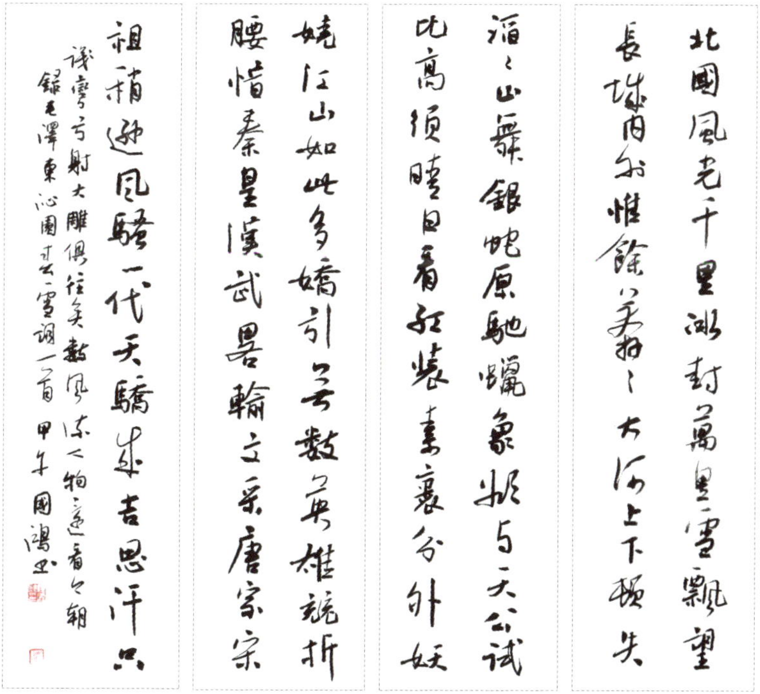

毛泽东《沁园春·雪》 陈国鸿

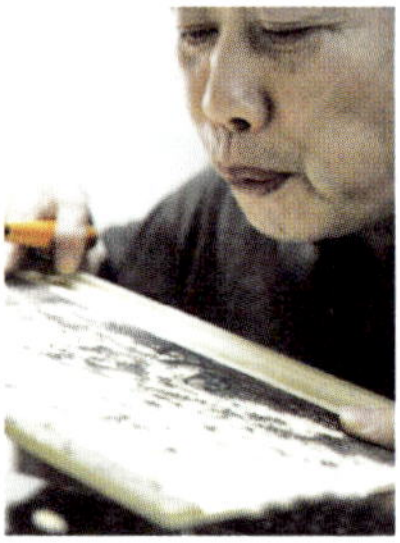

温暖的土地

版画家都安静，何立宏也是。除过安静，何立宏身上还充溢着一股温暖的气质，这源于他对版画注入的深情。何立宏的版画为这个时代留下了生活气息，并影响着观赏者的美学态度。《北方·温暖的土地》正是这样一幅充盈着温暖与静谧的版画作品。

《北方·温暖的土地》是一幅尺寸较大的版画作品。画面内容表现的是一派冬日图景：冻土似乎被一场久远的大雪隔断了春的信息，还没有苏醒。冻土之上覆盖着松软的积雪——你能想象雪花曾经多么浩瀚无际地铺排于天地，又多么厚实而严密地挟裹着大地，急于将世间的一切隐没于自己的无情。但在版画家眼里，这两种力量正在被改变：积雪听到了大地的惊蛰，悄然而至的春意调节了势均力敌的对抗，积雪已变得虚弱不堪，并呈现丑陋与肮脏之态。冻土之上积雪之中，胡乱地横直或斜逸出枯枝、秸秆、杂草或农具。它们毫无目的地指向天空，一切都停留在落雪之日的夜晚。但此刻，生命已经觉醒，被封冻后的姿态等待着释解。作品的中景是一片常见于北方的沙枣林，颜色灰败，被冬日压制着。但若仔细看去，会发现点点绿意已在树杈间萌动跳跃，令人欣喜。远景是积雪轻拂的山坡，温暖正在消解压迫，让曾经强悍的积雪流露

《北方·温暖的土地》 何立宏

出一丝伤逝的悲情。

作品的动人之处还在于其矛盾的艺术张力。作品大部分是冷色，三分之一是暖色调，两处色调形成反差，强调冷色，观者的目光会较多停留在冻土与陈雪之上，秸秆与杂草，杂草与杂物，这些冷冷的意象反衬着温暖的主题；而群树与雪坡成了这一主题的暗线：浮草的负担与正在消融的积雪；残雪的挣扎与浮草的从容；田埂的苏醒与暗处纠缠的植物；零乱的植物与色块分明的山坡，陈雪的虚白与褐色的土层；土地之下的温暖正在消解一切腐败与侵害。这一切将北方的土地推向了一个极致的表白：压抑与释放，生命与敬畏。在这幅作品里，你能够看到何立宏对这片土地所赋予的深沉的爱。

在北方农村梯田与梯田之间，在早春上午或下午，阳光明媚，你可以行走于这样齐腰深的山路上，驻足，去抚摸田埂的肌肤，或撕扯一把泥土，嗅它的芳香。这时，你可以看到土地里纠结的许多植物的根系，它们无可选择地埋藏于冻土，委屈如一段老迈的血管。随着大地的苏醒，这一切变得不再难堪，所有一切都具有了生命的意识，你能感受到土地微微睁开的眼睛以及因为沉睡保持的潮湿。你甚至能通过土地的横断面窥视到生命来过的迹象。

这是我们熟悉的北方，亦是我们熟悉的土地。

2014年8月28日，罗马尼亚中西部的胡内多阿拉县（相当于我国的省）首府德瓦市，中国木刻版画家何立宏的个人版画展在当地最重要的博物馆“达契亚和罗马文明博物馆”盛装出场。当地政府官员、艺术家以及当地民众出席了开幕式。

开幕式当天，有一个人驻足于《北方·温暖的土地》前，不愿离去。我希望那个人是我。但那个人不是我。那是一个蓝眼睛、高鼻梁的外国人。我猜想，他与我远隔万里，是否也同样感受到了中国北方以及北方土地上的那份温暖？

痴心远古

张学智与我二十年交情，无论他的仕途如何变迁，我对他一直以老哥相称，并视他为良师益友。我与张学智曾在《宁夏青年报》共事。张学智的"才气"给我留下过印象。当时，他在《宁夏青年报》当美编，每到周末，他的桌前总堆放着发排的稿件与图片，这个时候，编辑和记者已完成传稿，早早下班了，偌大的编辑部往往只有张学智一个人。张学智坐于桌前，点燃一支烟，沉思良久，背影孤独。但只要动起笔来，那纸样似乎就成了他的画布，方圆流转，字迹飞扬。周一，当记者见到报纸时才发现，自己的文字在他的安排下变得美观大方，原来，美编竟有这样的神奇之处。那时，我们不知晓，张学智已将远古的岩画当作解开自己生命密码的一把钥匙，并乐此不疲地畅游其中。在张学智日复一日的"复调"式叙述里，我们看到的仅仅是张学智的冰山一角，藏在水下的部分才是他的峥嵘与棱角。

后来，张学智调到了政府研究室，主办《宁夏经济》杂志。即便是那个时候，我们依然不知道张学智是一个画家。直到我们知道以下事情，才忽然明白，张学智在艺术道路上的志向是何等远大。

1989年，张学智在北京中央美院举办了"贺兰山岩画展览"及学术研讨会；

2006年，张学智应邀出访加拿大、墨西哥、巴西、阿根廷、智利等国考察美洲古代文化；2010年应邀在贺兰山国际岩画艺术节举办个人印象岩画艺术作品展；同年应邀在上海世博会举办《张学智中国印象岩画作品展》，其中，《追梦贺兰山》《远古的呼唤》两件作品被上海世博会博物馆永久收藏；2011年6月，张学智应邀在香港、广州、深圳等地举办个人作品巡回展。全国政协副主席、宁夏回族自治区原主席王正伟在香港观看画展，并将其作品《神射》作为文化名人特别礼品赠予香港特首曾荫权珍藏；2017年8月8日，张学智印象岩画"一带一路"巡回展在北京民族文化宫举办，引起海内外媒体强烈关注。

岩画，是古代先民的伟大艺术创造，在世界许多国家陡峭的岩壁上，都可以发现远古时代的岩画遗迹，享誉世界的贺兰山岩画即为中国古代岩画艺术宝库之珍品。

多年来，张学智拓制岩画拓片，他的手"记住"了贺兰山岩画的每一条纹路，多年的潜心研究与创作，让他禅悟了岩画蕴含的生命张力和混沌的神秘之美。当痴迷的研究化为不可遏制的激情时，便需要一种形式宣泄，张学智选择了水墨写意。他以中国特制的笔墨纸和中国画的写意表现技法，对远古岩画进行哲理和艺术的蒸馏升华，通过源于岩画而又高于岩画的艺术画卷，展示了画家对人类生命的主观印象和创新思维。

张学智的"印象岩画"系列作品，通篇笔触轻盈快乐、水墨构成大大小小粗犷拙朴的岩画图案，掩映着斑斓的色彩，产生一种如梦如幻的艺术效果。一切仿佛都没有规则，就那样随意地铺陈开来，似乎是在精神世界一闪而过，却又无法清晰地辨认。在高度凝练的图案里，夹杂着飞禽走兽、围猎、放牧、交媾、西夏文字等贺兰山岩画的主要特征，通过奔放的线条、多变而热情的色彩，显示出一种蓬勃的生命张力。空间的重组与变化，传达出画家丰富的感性意识，将内心世界中蕴藏的精神能量以直觉的形式释放出来，又使画面充满着交响乐一般的律动，表达出人心感悟与艺术家真实的情感世界。张学智“印象岩画”用一种特殊的艺术视觉力宣传了宁夏。

《金猴献瑞》 张学智

澄怀观道

宁夏草书后继者中，堪称领军人物的当数丁波、李洪义和刘志骋。

刘志骋有许多头衔，在众多的头衔里，他独独看重“中国书法家协会教育委员会委员”这个头衔，他把它摆在了显著的位置，似乎在刻意强调。在笔者看来，常规的做法应该是把中国书法家协会会员的身份放在前面的。而刘志骋说，我是搞书法教育的，书法教育是我的本职工作，所以看重它。刘志骋的回答倒显出了笔者对名利的拿捏与揣摩。想想看，这个人，还真是有些怪诞！

刘志骋在一家教育科研单位上班，他的办公室十来个平方米大，里面没有一点儿现代气息：老弹簧沙发，高而笨大的旧式箱桌，老派的书柜，积垢的玻璃窗，还有堆在墙角的那些杂物，这些陈设让他的屋子看上去很寒碜，所幸，刘志骋的办公室里花香四溢，青藤上墙，屋内一切恰与刘志骋的气质相吻合。刘志骋对人不冷不热，话不多，基本属于挤牙膏式的交流。但如果你知道，刘志骋在2009年“第三届中国书法兰亭奖”中获提名奖，也就不会在意他的这些小节了。刘志骋说，这是他的办公室，也是他的书法创作室，他在这里很多年了，很自在。说完，嘿嘿一笑，便自顾自地铺纸练字去了。

《停云落月》 刘志骋

寂静与芬芳

宋琰出道早，路子正，是宁夏青年书家的一面旗帜。

1994年，宋琰进入中国美术学院学习书法，那一年他二十二岁。时隔一年，宋琰就入展平生第一个中国书协主办的展览。二十六岁，宋琰加入中国书法家协会。三十四岁进入宁夏书法家协会工作。三十八岁被选为宁夏青年书法家协会主席。对于一个书家而言，这是一个相当不俗的成绩。

宋琰在银川师范上学的时候就禀赋异常，他吹小号，唱流行歌，写得一手好钢笔字。为此，他的事迹还上过当地报纸，成为校园里一颗明星。那个时候的宋琰对书法认知还停留在“简单爱”、写漂亮字的概念里。宋琰考上中国美院书法专业后才发现，书法是一门科学系统的学问，远非写一手漂亮的毛笔字那么简单，它还关乎个人的学识与修养，也就是古人所说的“志于道，据于德，依于仁，游于艺”。

过去的时光，宋琰的书法创作基本上针对中国书协举办的各项展览，在这方面，专业学习书法的经历帮助了他。专业学习书法最大的好处就是：众多名家将自己多年学书的收获总结为教学内容，而学生可将这些东西直接拿来所用。凭着这个优势，加上二三十岁的冲劲，宋琰对黄庭坚、王铎一路的草书进

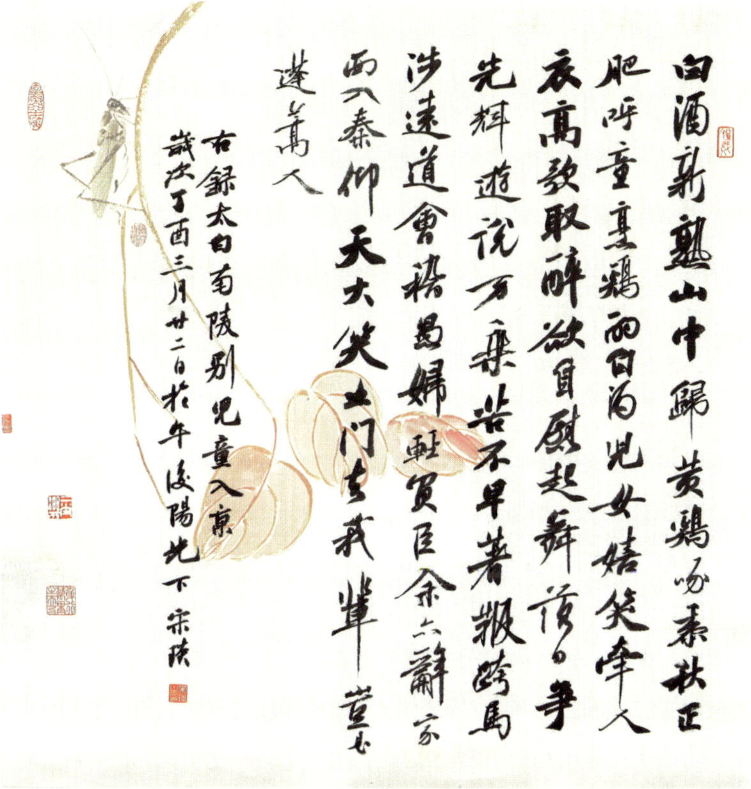

李白《南陵别儿童入京》 宋 琰

行系统研究。又加些碑帖篆书的金石气，强调了墨色、运气、开合、布局等当代书法展览形式上的诸多因素，二十余次入展中国书法家协会主办的全国书法展，这在宁夏青年书家里是突出的成绩。有了这些奖项打底，按一般的思路，应该趁热打铁，继续抛头露面，热闹下去，抓住名利双收的机会。没成想，宋琰笔锋一转，俯案书斋，回归从容。

随着对书法学习不断的深入以及年龄的增长，宋琰的学书思路逐渐在转变。现在的宋琰已经不满足于注重黑白对比、强调空间安排，以及形式对视觉的冲击力等因素的所谓“展厅书法”技巧，转而留意自然流露和书写感的传统书斋模式。取法对象由草书转向二王、苏轼、颜真卿、黄庭坚等人的行书，书写状态也由过去的“搞艺术”变成了现在的“写字”。技术上少了“空间”“线型”“轴线”等西式观念，多了“提按”“虚实”“气息”等传统法度。以前追求作品的效果是刺激，令人激动，一种纯视觉的感觉，现在体会更多的是情绪在笔尖下的流淌，感受更多的是精神上的愉悦。宋琰力求达到“可视者用目，可读者用心；目视其外在形式之美，心读其内在韵味之醇”。

古人的书法不像今天很多作品是鸿篇巨制，多为小品。在窗明几净的书斋，在掌上、案头赏读书法，即“口诵其文，手楷其书”，这种将文词、笔墨、人格糅合起来的审美方式，是中国古典哲学思想中天人合一、真善美的体现。在欣赏一件书法作品时，不单单是对技巧形式的解读，文词的内容以及作者的气质、人格也对书法审美产生积极的影响。

向传统回归，向法度致敬。研究传统无疑是一条正确的道路，也是一条艰辛的道路，这要求书家能坐得住、沉下心，去浸染书卷之气。比起热闹，宋琰喜欢安静的夜晚，在家里，亮一盏温暖的灯，读书，临帖，读史观今，临帖幽古，揣摩古人当时书写的情景、心境、运笔方式，有一种与古人“晤言一室之内”的亲切与温暖，虽然无语，但却蕴含着处事之道和人生哲理。

飞翔的战马

作为画家的马惟军还兼写美术评论，有些文章见解独到，思想新锐，在圈内很有人缘。此外，马惟军还是西北艺术网的创始人，他怀着对绘画与文字的敬畏去衡量内心，精心打造西北艺术网站，创作出迄今为止自己最满意的作品。

能写文章的画家并不多。米开朗基罗是诗人，虽没有出过一本诗集。达利有过《一位天才的日记》等三部自传性文章。黄永玉写了很多关于家乡、性情的散文和随笔，行文诙谐幽默。陈丹青写中国教育思考与旧文人的风骨，嬉笑怒骂，思想深刻。马惟军无意与大家并论，但确也算得上宁夏画家中顶能写的那一个。

马惟军的文章大体分三类：第一类是微型艺术理论，如《传统艺术与现代艺术的冲突》《关于西夏历史题材的绘画创作》等，从这些文章里能够看出马惟军绘画轨迹的嬗变，文章偏理性，重逻辑；第二类是反思与对本心的追问，如《不看南京南京》《生命如垃圾》，从这些文章里能看到作者对生命、尊严的思考；第三类是他为一些艺术家写的印象散文，行文清新淡雅，如邻家男孩对朋友的诚挚祝福。

《战马》 马惟军

2003年,马惟军第一次用画笔接触西夏题材,他没有去预设自己的未来,他只想做别人没做过的事情——用绘画讲述西夏历史。两年时光,他通读《西夏史》,遍访专家,整理资料,陆续绘制了八十一幅连环画。这些作品构图新颖、大气,色调优美。

马惟军是“70后”画家,他前期的画作轻松自然,仿佛是一条小溪,轻快自由地流淌在山涧,他的画色彩明快,美艳而又不失稳重,物象舒展自然,令观者十分享受。尤其是他的油画“战马”系列,呈现出一种幻化的梦境之美,并将马的物象植入古代的诸多文化符号里,蕴含着崇古的情怀。

马惟军给人的印象是儒雅含蓄,略带诗人的忧郁,飘逸俊朗、微卷的长发中夹杂着白发,那是岁月为他洗染出的成熟,艺术家的气质尽显。多才多艺、擅写文章的马惟军为人低调而含蓄,在朋友圈很有口碑,大家戏称马惟军为“小马哥”,这是大家对他做人做事的褒奖。

温暖如春

“画如其人”用在孙燕身上是恰如其分的。

孙燕娇小、纤丽，说话声调轻柔和美，是一个令男人心生呵护的女人。

欣赏孙燕的“女人系列”之“古代美女”，你可以从“雨伞梨花”“怀抱琵琶”“孤剑冷霜”“贵妇对弈”的画面里读出孙燕对古人的推崇，也可以看出，孙燕从现实生活中汲取的营养，以及尊重自然追求真实的美学修养。孙燕对古代的偏爱，也表现出她本人对古代文明的向往与怀旧。怀旧是对过去的重构与思念。

孙燕说她很少逛街，每去逛街必有闺蜜陪伴，她才不会走失方向。或者说，那样做，她的内心才会回到古人的简单与从容的情怀。你看她的画作《花样年华》《梅子》《憩之二》《小巷》《女人花》，画面中的女子虽然是一张现代人的面孔，但发型、服饰、背景皆会令人产生对古典主义情结的追忆与向往。那些女子们似乎都在渴望梦的依托，去完善自我，投身古典主义的仪式。因此，在欣赏孙燕的“现代女人系列”时，你需要注意的是，她笔下的女子不同于模特对服饰的依赖，一旦脱去服饰，便是活脱脱的现代女人。孙燕笔下的女人与画面的背景和谐相融，彼此不分，属于那种无论世事纷乱，情怀依旧的女人。“现代丽人”系列便是注入了现代人情感的复古主义。

孙燕“女人系列”中的“民族风”系列，那些藏族女性都非常靓丽，甚至经过了刻意的“美化”。孙燕的藏族题材不是摄影对藏区的原生态反映，也不具备油画的厚重与苍凉，而是对轻盈与明快氛围的营造。画面中没有过多的笔触去表现所谓的“思想”。看她的民族人物，轻松而愉快，似乎能看到阳光明媚，一片祥和。对于这一点，孙燕说，很多年前，她去西南少数民族地区采风，曾经遇到一个很漂亮的小姑娘，她头发乌黑，编碎麻辫，眼睛大而清澈，脸膛晒得黑里透红。小姑娘裹在厚重的袍子下，压矮了曼妙的身形。孙燕握住小姑娘的双手，那双手骨节粗大，皮肤皴糙干裂，这是艰苦生活环境下造就的伤痕。小姑娘的遭遇令孙燕感到不安。后来，孙燕在少数民族地区遇到了更多这样的女孩儿。在孙燕看来，许多女孩儿，由于家庭环境或别的原因，也许一生都不曾美丽过，就凋零了青春。这如同正在成长的花朵，还未来得及绽放，便被风霜雨雪摧毁。因此，孙燕为她的“女人系列”中的“民族风”注入了特殊的情感，她赋予那些历经苦难的女人(女孩)们一个美丽的梦。也许，许多女人还从未有过梦想，花儿已凋零。有了这样一份对藏家儿女的寄托，孙燕的心里便会长出花开无声的温暖。

《藏族少女》 孙 燕

幽人空山

何占福的山水画，以宏大气象、笔墨苍劲、设色清雅著称。何占福的作品呈现出“赏视游居”的山水气象。

何占福山水画题材涉猎较广，南北交融，贺兰山、绵山、婺源，不一而足。何占福笔下的西部山水，不是荒凉的、无边无际的，而是一种密体山水，画面饱满，似密不透风，山石岩壁，肌理走势，杂树苔痕，层层重叠。点线结合，积点成面，使山水超越自然形质，造就一种恢宏苍茫的山水景观。这一景观的特点是以形夺人，以意取势，以势制形，虽深远，却不琐细，颇有目极八荒、神与物游的境界。这种“尚意”的追求，决定了山水笔墨的运用与处理。尽管从表面看，何占福笔下的山水笔墨是极其繁杂的点、线叠加，但他并未做客观描摹，是概括、恢宏、富于智性的表达。

中国传统的山水画，大体是北繁而南简，北雄而南秀，北刚而南柔，北苍而南润，北派重功而南派重悟，北派重骨而南派重韵。看何占福的山水画，既有北派山水的高山大壑，石体坚硬，又有南派山水的林木葳蕤，轻红嫩绿；既有北派山水的峰峦浑厚，势壮雄强，又有南派山水的云雾氤氲，洲渚掩映，亦刚亦柔，亦苍亦润。而更为重要的是，何占福将这两种风格整合、熔铸得自然、协调。这种以北方险绝山势为轮廓，植入南方纤柔之美为创作思路，幻化出的是画家眼中独一无二的贺兰山。你从何占福的山水画里既能读到“千山鸟飞绝，万径人踪灭”的空灵之境，又能看到“林密焉碍水流急，山高何妨野云飞”的现实之景；既有令人赏心悦目的自然景致，又不乏浓郁的时代精神和生活气息。品读何占福的山水作品，你仿佛置身贺兰山中，沿曾经攀爬过的山路登上高峰或潜行沟底，拾遗野趣，那努力向上伸展的树木，跌宕起伏的山石，或隐或现的溪流，云遮雾罩的山峰……这一时刻，向往心灵生活的我们，仿佛看见自然向自己敞开怀抱，心灵的语言已自觉融于天地山水之间，如饮甘泉，如归故乡。

何占福坚持长期搞写生创作，在生活中滋养心性，提升创作格调。婺源写生是何占福在中国国家画院范扬工作室进修期间的一批作品，是作者对山水精义的一次延伸。这些作品会把你带入久违了的历史风尘。青山、村道、青石驿道、年久的残壁断垣、苍翠的名木古刹、青苔爬满的水泉深井，都是一幅精致的风景画。婺源的村庄错落于青山碧水之间，粉墙黛瓦立于小桥流水之侧，这是何占福对山水画长期思考，并形成自己风貌的必由之路。

《诗心禅意》　何占福

本土的意义

李东星曾经是一名银行职员，与钱打交道。规矩与严谨是这项职业的特点。后来，李东星调到报社做了编辑，虽不能天天摸画笔，但至少迈入了美术圈。

那些年，李东星为《宁夏日报》《新消息报》《小龙人报》等报刊创作插图、漫画近千幅，并撰写各种美术评论文章，他把这看成工作，同时也看成历练与积累的过程。那些写意的插图寥寥数笔，却传神生动，显示出他深厚的艺术功底和敏捷思维。

这几年，李东星渐渐淡出宁夏画家的视野，好像一个行者，在一个最平凡的时刻出发去了北京，然后洋洋洒洒地前进。我的印象，李东星在国家画院工作过，又在一些美术机构里帮过闲，还在中国艺术研究院读美术硕士……总之，他的活动半径突然变大，时间与空间维度不断延伸。

多年来，李东星创作了大量表现西北风情、地域文化的作品，给人耳目一新的感觉。这些画洋溢着新颖而淳朴的艺术气息，以一种别样的真实令人感动。这种拙朴的画风也成为李东星区别其他回族画家的重要标志，在北京艺术圈中得到了艺术家的认可。

《秋寒》 李东星

李东星以敏锐的观察力，通过流畅而夸张的艺术语言，以浪漫主义的色彩展示着他对生活的理解与诠释，挖掘出了生命的本质含义与精神走向。在他的笔下，朴拙的老者、清纯的少女、快活的孩童、扭捏的少妇、茫然的汉子，在意境设置与视觉传达上，都以西海固独特视角走进老百姓的精神世界，使他的敏捷与睿智得到极大发挥，从而达到了跨民族、跨文化的融会贯通。

“李东星的画很多地方都似乎不对，但是真好！是我们许多专业画家刻意追求而不得的那种味道。”宁夏一位画家这样评价李东星的画。

看李东星的画，会让人在惊叹之余忍不住笑自心底，进而陷入沉思。你能感受到他的画面迸发出的蓬勃朴拙的力量。那浓烈的生命律动和鲜活气息，是他凭着本能触摸到的天趣，是从他自己本心中找到的本体审美。那种赤子之心，寄寓在对故土和自然的依恋中。

个人觉得，真正的好作品，它的包容量是不小的。尽可以把看似矛盾的对立面，诸如奔放与含蓄、明丽与深沉、粗犷与细腻、刚健与温馨交织融汇在一起。这样，就更能让我们沉浸其中并去品味更多的可能性。

从北京回来，李东星已然成为宁夏书画院职业画家。从银行职员到美术编辑，从美术学硕士到职业画家，李东星完成自己的三级跳。意气归故里，套用《归去来兮辞》中的一句诗——“乃瞻衡宇，载欣载奔”似乎更妥帖。

梦笔生花

马小加是牡丹世家的第三代传人，与祖母曾杏绯、父亲马建军共处一室，共绘丹青。这种状态有闹中取静、大隐于市的超逸。这正如一幅好的牡丹，只有把色、光、态、韵把握好，才能把牡丹“因风拂舞，若语若笑”的神韵表现出来。

马小加擅花鸟，也画牡丹，恬静、淡雅是她画风与性格的统一。对书香世家的传承，既让马小加引以为豪，也给她带来一些尴尬。在一些公众场合，别人介绍马小加的时候，经常有人会问，“你是曾杏绯的孙女？”“你是马建军的女儿！”从内心讲，马小加不情愿别人以长辈的成就衡量自己，她更喜欢人们能以平视的眼光看待她和她的家族。

马小加很想从牡丹的象征意味中走出，还原牡丹的自然本质。这种本质其实是牡丹的“雅”与“俗”，在“雅”“俗”之间，要掌握好度。在马小加看来，老一辈画的牡丹并不意味着俗，而新生代的牡丹也不一定代表雅。比如清代恽寿平，尤重画牡丹，其牡丹画笔墨工整，色彩运用范围变化极大，远近虚和，出之妍雅，整个画面色彩情调秀丽、明艳、洁净，富丽中蕴含淡雅，故有清新高雅之感。“八大山人”“扬州八怪”中的李鳝则更加简练概括，豪放雄健，用笔轻巧潇洒，色彩朴素淡雅，所画牡丹鲜明突出，用笔不多，却表现得活灵活现。

马小加对古今牡丹的研习，使得她对牡丹的理解更为深刻。马小加认为，“雅”与“俗”并不在于词汇本身，也不在于优美或壮美，而在于艺术家对物象的观察方法与表现手法。作品留给人们的应是自由、享受的空间，其中要有一个细微的平衡。这种绘画意境的美学观念修养及文化取向，才能让观赏者通过牡丹绘画认识自我，丰富自我，得到审美享受。

“雅”的本质是气质高华，心志高远，其中包含着画家对生命的挚爱和热情，而不以水净墨纯或仅是繁彩丽色的区别来判断其雅俗。就拿曾杏绯来说，老人家种花、养花，喜爱牡丹，品性高贵，内心纯美。即使她的牡丹着色繁丽，也不失为一种雅。“俗”应该是气质的卑下、心志暗淡的表现。那些过分迎合市场，追求“喜色”，致使画面大红大绿，使牡丹画偏离了中国画的文化内涵和审美特质，也就沦落为俗气一词的代言。

我们看到，马小加正朝着有别于前辈牡丹、继承传统却又自成一体的路子前行。马小加的牡丹，并不依赖对自然形状的准确描写，也不依赖于简单地把细节组合在一起。而取决于她浓厚的感情和对所描绘物象的精神领悟，以心写型，以意造型。“气韵”“笔墨”“虚实”的审美取向在马小加的牡丹和花鸟画中已有所体现。在似与不似之间，强调形神兼备、意在笔先的精微之气。马小加正在通过自己重写生、重笔墨、重修养、重个性的修为去抵御“媚俗”和浅层的审美趣味，使牡丹绘画在人们审美意趣中多出一份“千秋万代悄然过，牡丹依旧笑春风”的从容与淡定。

《菊花》 马小加

我心向阳

与全义相识近三十年，三十年改变了许多事情，一眨眼，全义的儿子由三岁的涂鸦孩童成长为陕西师范大学的学生。他的夫人如今两鬓挂霜，风姿飒爽已经成昨日。三十年，全义搬了很多次家（培训场地），如今拥有了自己的田园别墅。三十年来，物是人非，或物非，人亦非。时光没有改变的是全义的个人本色以及他作为艺术家的扎实身份。这种身份包含了两层意思，第一层意思是他可以从事与画画相关的工作，比如，开班授课，培训艺考生。在这方面，全义已经积累起了相当的经验，并赢得了不错的口碑。这算得上他赖以生存的生活技能，也是他作为一位艺术家极具个人化的必修道路。第二层意思是全义一直以艺术家的身份见诸媒体，或出席公众场合，并以非官方艺术家身份出访国内外。这一切的获得，靠的是他一点一滴的打拼。个人办画展，创建艺术团体，应邀学术交流，比赛获奖，并非一些沾了运气的人，可以搭乘体制的便车，通达获奖的诸多途径，较为便易地获取到艺术的成果。可以说，全义用了三十年的时光找准了人生定位，并夯实了自己的艺术实践，赢得了一位画家在圈内圈外的尊重。

应该说，全义早些年的油画还显稚嫩，那幅入展全国美展的表现同心回族

《塬上葵海》 孙全义

集市的油画，曾经为他赢得了美术圈的第一次关注，也为他继续画画坚定了信心。现在看来，那幅油画，全义只是在尺幅和技法上做了大胆尝试，毫无思想性与个性化可言。那种全景式的宏大叙事并不适合全义的路子，这在他后来的艺术实践中得到校正。

谈到近年来的油画艺术创作，全义感触颇多。特别是近年来他的“向日葵系列”作品参加全国各类展览，这些展览的入选及获奖是对他创作上的肯定。

近些年，孙全义一直关注大西北这片“高天厚土”里所蕴藏的人文景象。这与他生长在大西北有着直接的关系。从事油画创作和对其创作的热情与真诚，让他在很长时间里做了各种形式的艺术语言的探索与实验。当然，在此过程中也不乏大量阅读欧洲油画各个时期的经典作品，如早年荷兰画家凡·高的《向日葵》系列。

他将创作基点放在离自己最近、体会最真的大西北，那阳光灿烂、生命坚韧的向日葵，以及那浑厚坚挺的生长状态深深打动着他，让他观而忘忧，情不自禁产生强烈的创作原动力。从2007年起，他开始创作“向日葵系列”。每次到高原上乡村田野，看到那一望无际的葵海云天，他都激情满怀，画了大量的速写及油画写生。此过程，也是他不断探索、思考、感受如何用个人语言方式表达西北向日葵生长的历程，借向日葵作为创作载体来表现个人对现实生活及客观世界物象的表达。2018年1月28日，孙全义在银川举办了“我心向阳——孙全义油画作品展”，这是他对自己多年钟情“向日葵系列”的深情告白。

构思的力量

好小说是精心构思出来的。绘画亦然。

想谈谈张启兰入选十二届全国美展的国画《好日子》,希望通过作者的生活经历、思想感情、构思布局以及艺术技巧的分析,解析好作品的诞生过程。

2014年7月,全国十二届美展在宁夏区预展。我在银川美术馆看到了张启兰的国画《好日子》,对这幅画突出的感受是恬淡、安详、富有节奏与韵律。画面由玉米篓、玉米、藤筐、歇脚的雀儿组成,时间定格在一场冬雪之后。现在,你去向陕北任何地方的公路两旁,在平房或窑洞的院子里都可以看到那种玉米篓子。这样一个司空见惯的农具成为张启兰的美好记忆,缘于她在陕北石油基地工作的经历。那是2007年前的一个下午,张启兰从陕北长庆油田骑车下班回家,公路两旁的村庄沉浸在一片金黄色的静谧之中。张启兰很快注意到了老家门前盛满玉米的篓子,与胡乱堆放在地上的玉米有些不同。虽然看上去颜色相同,但是,散乱的玉米堆放得横七竖八,有一种不知所措的慌乱。而玉米篓里的玉米码放在一起,像待在家中的小胖娃,透过窗户,可以看清屋内的温暖家居,还有胖娃露出的憨厚的笑脸……

2012年,张启兰将陕北记忆画在纸上,起名为《好日子》。起初,因为担心玉米篓子遮蔽了玉米，张启兰就在地面放置了三只筐子。筐子里盛满玉米，作为提示，这样，就可以让观者第一眼产生喜悦的感觉。两只鸟儿落在弯曲的篓把上，陆续有鸟儿飞来，将要落在木栅或筐把上。鸟儿的安排暗藏喜悦，并传递动感与韵律。张启兰是想表现玉米篓，没承想，却把主体放在筐子、玉米和小鸟的身上。张启兰对这幅画是满意的，但她很快发现，筐子的摆放有些刻意。为了表现丰收的喜悦，筐子和玉米抢占了风头。画面背后似乎站着一个导演，让这一切变得过于和谐。第二稿是2013年张启兰在中国工笔画院进修期间完成的。张启兰为这幅画改名为《晨曲》。张启兰去掉了地上的玉米筐，把玉米收进了玉米篓，让线条明快，富有节奏感的玉米篓也树立起来。鸟儿也不用忙碌地飞翔，只是安静地站在木栅上，三三两两，像是享受这静谧的清晨时光。这样看上去，画面整齐干净，情节也不再徒生枝蔓，玉米也有了一种沉甸甸的、蓬勃欲出的分量。但另一个问题出来了：画面被平均化了，平均化的栅栏把玉米的喜悦感分割得有些破碎。张启兰把这幅画作为毕业作品交给中国画院院长王天胜。王天胜提出了几点意见，第一，画面还缺少节奏感。第二，画面看上去有些拘谨。第三，主题不够突显。张启兰接纳了王天胜的意见，隐约觉得，这可能已经接近了理想的状态。从中国工笔画院回到银川，张启兰经常下乡去观察农家小院，观察小院的木栅栏、牲畜棚，与农民交谈，感受他们内心的喜悦。直到十二届美展宁夏预展前，张启兰又把作品修改了一遍，第一，将挂在栅栏上的筐子的那块白布变成了花布，画面有了跳跃感。第二，张启兰将栅栏打开一个豁口，让玉米露出身姿，呈现出一种呼之欲出的喜剧效果，这样，打破了画面的平衡，有了张力。第三，虚化了前景与后景的玉米篓，让画面有了焦点。所有的物象自然融合，主次分明，让读者感受到由内而外的真实。这份真实就是静谧中的喜悦。

《晨曲》 张启兰

正东向西

孙正东特立独行，他身上并存诗人的浪漫、摄影师的敏锐、油画家的狂想，兼带男人的谦逊与柔情。正东会长时间消失于众人的视野，也会长时间驻扎银川，办画展，搞沙龙，与朋友喝酒闲聊，如此往复，过着安逸闲适的生活。

多年以后，当我与正东交集于一个风景如画的地方——扎嘎那时，他已经是一个拿着签约合同四处游历的职业画家。重拾往昔，这是我对正东的粗略印象。

扎嘎处于周山环绕的河谷地带，作物丰茂，藏俗风情，兼具了张家界的奇峰云幻与稻城清风疏阔的悠闲，犹如仙境一般。这亦如正东的审美——简约明快，色彩斑斓。正东的步履一直在西北腹地探寻，他的眼眸深情地注视着当下的西部，他的笔触一刻未曾离开过他所热爱的藏地风物。

曾到全国各地进行取材写生的孙正东，却唯独对藏区一往情深。地域的差异，风物民俗滋养着一个民族的灵魂。正东不喜欢舞台艺术所呈现的民族风情，他喜欢藏族原生态的生活方式。“不管是我游走在山冈还是搭车去遥远的地方，随处都能听到他们天籁般的歌声，就像河水流过我的心田。”正东说。

正东是西部汉子，他心怀西部，擅长表现藏区内容，油画作品呈现河谷、草

孙正东曾经构想的蓝图，如今已变为现实

孙正东曾经的艺术表现，已幻化为诗意的生活

原、牧区、寺庙、藏女、康巴汉子、回族少女，尤以西部少数民族妇女为最。

正东热爱女人，这一点，他毫无掩饰，也不屑掩饰。翻开正东的画册，无论是摄影还是油画，女人肖像占据画册内容的一半之多，她们或明丽阳光，或幽怨哀伤，或身背重负，或信念笃定……

正东想留住这最美的心灵之声，因此在画作的取材上，大量专注于藏区的民风民情。正东坚持入藏收集素材长达二十年之久。每到一个地方，他尽可能地融入当地的生活，并长期居住。他说，当他和藏族朋友在一起，便不由自主地以藏族人自居，为他们的纯美感到骄傲。辽阔的草原，圣洁的白云，壮美的牛羊，美丽的格桑花，神圣的宫殿寺庙，藏民憨厚的微笑，这些都是他灵感的源泉。

从正东的作品里可以窥测出正东的油画创作观念：从地域出发，深挖内涵，表现真实，心向美好。正东说，一个热爱女人的男人首先是健康的本体，他把爱看作人类自然的表白，或者上天赋予一个男人的生命动力。一个敢于追求女人的男人，在情爱面前显得真实，他才能在生活中显露真实。这种真实是支撑艺术狂野奔放的荷尔蒙。当正东把对女人的热爱转化为创作的动因，植入画面时，他笔下的女人便焕发出炫目的色彩。即使一个佝偻着身躯，满脸风霜的老妇，也因为这位年青艺术家的关注，使她的生命达到一定的宽度、广度与深度。藏族女性生来身体丰盈，勤劳朴实，在恶劣的自然条件中一生为家操劳无怨无悔。因背水和劳作，她们大多人到中年腰便弯曲，但在她们快乐的劳作中永远会把歌儿唱。

正东行走藏区多年，除了对藏地的壮美风光有无尽的眷恋，还有对藏族人民心存的深情厚谊。藏族男性虽外表强悍身形魁梧，但他们的内心却像雪山般纯净，笑容永远荡漾在他们坚毅的古铜色脸庞。

正东热爱藏族。正因为热爱，最终择了一处有信仰、有雪山、有草原的圣地。依水草而居，把生活与艺术交融在了这里——它就是甘南桑科草原。桑科离世界三大藏学院之一的著名的拉卜楞寺仅十二公里。听从了我的建议，正东两年的辛勤汗水浇铸而成的“正东向西美术馆”，在那片桑科草原的怀抱里像格桑花一样，怒放生命。

所谓美术馆，其实就是为游人休闲的一个区域。每天看着来自五湖四海的游客在此赏画，聊天喝茶，吃饭休息，正东感到很欣慰。正东的艺术来源于藏区，终归藏区。每每想到自己的生活理想与艺术理想合而为一时，正东感到殊胜之喜。

格局决定了人的命运。画画多年，练就了正东宽广的视野。旅行和采风，让正东在文明与荒蛮中独步。在艺术的道路上，没有必要反复证明自己的成就，变或放下，是自然所属。暂弃画笔打造一个集观光旅游、餐饮住宿、画廊等项目的民俗文化牧场，把美术与生活在另一个领域呈现出来，这需要多年藏区生活的积累与沉淀，也需视野格局。可能，还需有那么一点点运气。正东所打造的桑科草原艺术旅游项目成功了！这是因为他顺应了时代的变化与发展。桑科正东艺术馆开业即火纯属必然。这里赚钱不是目的，更多的是为了心中圆梦，为了希望和尊严，为了责任和使命，为了自己的人生变得更强大。

站在正东向西美术馆的二层观景台上，早迎朝阳，晚观落日，桑科全貌尽收眼底。只有在这里才能够真切体验牧民的生活。牧民点燃干牛粪，升起炊烟，在美好的清晨挤牦牛奶、逗牛犊子，跟着藏女放牧……这是正东艺术与生活最完美的融合。

刀笔相映

书法家、篆刻家杨华，此前我只闻其名，却不识其人。以对其作品的观察理解，感觉他似乎是一个不善言谈、不善交际的人。“第五届中国书法兰亭奖”获奖名单公布后，我有机会造访杨华。

杨华是一位书法家，也是西北地区最早考入西泠印社的篆刻家。此前宁夏籍西泠印社社员只有柴建方先生一人。能够考入大艺术家层出不穷的百年名社，可见他的功力深厚。

杨华从小就能写善画。初中时杨华就喜好篆刻。篆刻是他第一个深入研究和探索的艺术种类，也是最早取得成绩的艺术门类。与他的书风一样，杨华的印风也弥漫着潇洒飘逸的清雅之气。这其中有古玺风格的，也有汉印类型的，还有明清流派的印章元素。由此观之，杨华是一个广收博取、厚积薄发的学习者。他的白文印气息醇厚而安稳，平正中更能见出非凡的气度。在分朱布白中时有灵光一闪，表现出“用心巧妙，惨淡经营”的神来之趣。他的朱文印线条与其书法形异而神同，自然中展现着天资活泼的性格和情趣。

杨华的文人气息，无论是书作中的挥洒与飘逸，还是其古体诗联中的文思吟诵，抑或是其印作中的使刀如笔、冲切结合，在其作品中都非常明显。

《心经》选句　杨　华

杨华的书卷气是他平日里卷不释手、笔勤刀厉滋养出来的，是他在不断地思索、实践、探问中积累形成的。杨华治印用刀喜冲不喜切。他的线条有汉印的沉厚，沉着中却也透着空灵、清刚的气息。正是这种机变的结合，才使其作品显得生动，并在典雅之中透出秀逸来。杨华刻款，也独具特色。他的边款纯从楷法书出，运刀一任自然。既有书写性笔意的流美，也有以刀击石的恣肆。他刀笔相臻，心手双畅，笔显韵味刀显生机。而边款的内容，又多是杨华自己随感而发的骈散短句，小巧玲珑，读来可喜，这不能不说也是他印作中书卷气的体现。

杨华的成就还来自他对书法、篆刻艺术的深切体悟与认识。洋洋数万言的理论文章，不计其数的印作，印证着他在这方面所做出的努力。杨华是个有性情的人，也是一个已经确定自己风格取向的篆刻家。他不随波逐流，他能站在历史的高度与广度上审视篆刻，锤炼刀法、篆法、章法。我想，这应是他取得成功的关键所在吧。

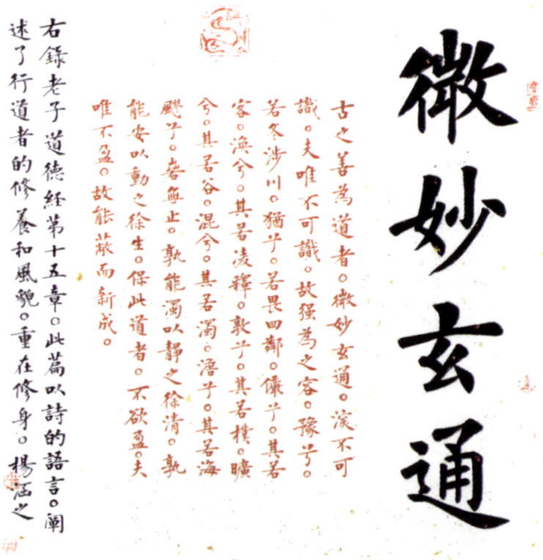

老子《道德经卷十五·微妙玄通》 杨华

白马王子，

吃斋念佛。

人间烟火，

芸芸众生。

艺路春华

《玄奘丝路行》 王雁路

打铁　打铁

席，《说文解字》释为"礼天子时诸侯坐的垫子，后引申为长幼顺序。"孔子说："席而无上下，则乱于席次矣。"恒，《说文解字》释意，常也，从心从舟，表示心志稳定。我以为，坐在席子上，遵守秩序，心志稳定的那个人，是为书者席恒。

结识席恒缘于他的——"八零书设"，"八零书设"是"席恒书设"的总称，一方面说明席恒是八零后生人，一方面说明席恒书设是八零书设的一个分项，这是席恒工于设计，长于表现力的一个佐证。

席恒书设可以用"精巧细密"四个字概括其特别。先说它的精巧。席恒装帧字体喜用繁体，这大体与席恒热爱书法的程度有关。汉字从甲、金、篆、隶、楷一路走来，几经蜕变，其中约略可见古人对日常生活形象生动的总结与提炼。每一次提炼亦是蕴含着古人对生活细节观察的非凡智慧，同时，从由繁逐简中也传递出巨大的信息量——人与土地的关系。这种信息带给人们的审美或者愉悦，应该就是文化的一部分。文化能让人懂得秩序长幼，仁爱尚德，依据谦卑的心态去正确认识那些朴素的道理。席恒对文字的研究一定下了较深的功夫，否则很难达到目前熟练运用简繁转换的水平。再说席恒书设的精

《蜂鸟》 席 恒

巧。席恒书设安排布局大小得当，收放自如，善于切边走险或大段留白，往往能精工细作出平和疏阔的意境来。这约略等同于石破处惊天的紧迫后又转换为斜风细雨的田园诗意，很有元代文化人画疏朗而简约的风尚。席恒的精巧之处还在于他对文字的表达也相当精准。席恒在他的书设宣传册里曾安插过一段对自己家乡描述的文字：

> "祖父是那个年月的铁匠，打我记事起，他一直在自己的铺子里忙活，老家方圆几十里，家家户户都用着祖父打的家具……"父亲和四叔都做过铁匠铺的助手，小时候的席恒也曾和他们一起打刀磨剑。一件家伙好不好，铁质当然很重要。打没打熟，打成什么样绝对不能马虎，最关键的是淬火。早了或是晚了，快了或是慢了，一块好料也要变成虚胚子，绝对会崩角。这是打铁师傅的心得。进进出出的徒弟，全靠自己领悟。自己悟出的才算真本事，才扎实，刀子刻在心里一样，永远不会忘掉。后来，铁匠铺关了门……

从这段文字中可以看出席恒绵密的心思与超强的观察能力。席恒似乎对手艺有着天然的感知能力，细腻的情感与缜密的思维在铁匠铺那火与水的淬炼中仿佛凝固成一幅画面：立在一旁静默观察着的小席恒，从祖辈的肢体语言与眼神交流中，察觉到了手艺人之间那种只可意会不可言传的密码信息——师承的尊崇与坚守的力量。这样一种源自于土地与淬火的信息所传导出的能量或许就是席恒笔墨书写与众不同的气质所在。

观席恒的书法正如同欣赏他的书设一般令人赏心悦目。

席恒的书法尺寸不大，多以扇面或小品示人。书法之余多配小画：一枝、一荷、一鸟、一虫，不改其精巧细密的作风，又增添了一份文人的淡雅与从容。席恒善于安排布局，巧于书画互动，大量的留白显示出他对空间布局的把握能力。书设的净洁也体现出席恒以文人书画的姿态挺立而出的独特面貌。席恒的书法不古拙亦不刚劲奔放，倾向于文静、柔和、优雅、散逸，属于元代文人的审美趋向。我常常想，席恒的作品正如同江南的美女，若穿梭于江南水乡的馆阁亭台，手抱琵琶或半掩团扇，那真是一幅绝配的景致呢！

席恒祖辈的打铁与席恒书设的精美，或者书法的独特韵致，凡此，皆源于一个“礼”字。“礼”所表达出的是中国人对于平衡的把握，或者说度的拿捏。正是这“礼”，席恒的作品才会呈现出温文尔雅、彬彬有礼的气质。正像士大夫的儒雅，也正如秀丽端庄的女子的仪态，皆为国人所钟爱。

子曰：“兴于诗，立于礼，成于乐。”席恒是一个汲取传统又极具现代气息的八零后。他为儿子取名席诗礼，是为据。

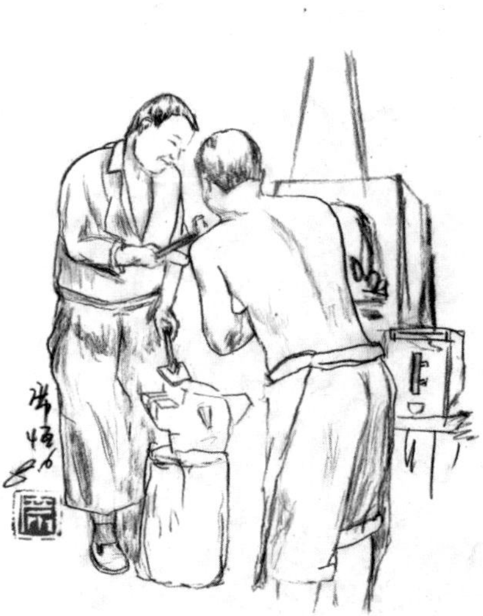

《铁匠》 席 恒

禅心绘秋色

王成画鸟，观后总给人一种萧寒苍茫、简远、闲淡、禅意十足的意境。意境绘画讲的是才情。

我想，王成在北民大的校园里，一定遍临古今画派，最终情属"八大"。大概，他毕业后根据自己的气质确定了自己的画风。但对于一个毕业即选定自己职业生涯的青年画家来说，这种过早地确立是要冒风险的。比如就拿卖画来说，一般的买家是不喜欢墨色过重的绘画的。其一觉得压抑，其二从"划算"上看，王成的尺幅较小，内容显得清寡，且大量留白。再说创作，王成比较喜欢禅意画，在业内看来，王成的这种逸而少工的画风有泥古过度的痕迹，题材上缺乏正能量，往往在各种绘画大赛中处于不利局面。

徐谓在《与两画史》中说："飞鸣栖息，动静如生，悦性弄情，工而入逸，斯为妙品。"

"一点禅心绘秋色"。从艺术形式和风格上看，王成的传统花鸟画取法八大山人，构图推崇潘天寿、风骨追随吴昌硕。八大山人的写意花鸟画，清健精妙。吴昌硕的老辣苍润、力健有锋。潘天寿的画以构图出奇制胜、以大胆而闻名天下，他的作品清新典雅、苍劲历练，给观者以明快利落之感受。王成的花

《情趣图》 王 成

鸟画“以形写神”“以心造境”，讲究笔墨、形式、章法和意境的和谐统一。

由于学养和师承，使王成站在了一个较高的视野，确立了自己的艺术取向和审美选择。在他充满笔意、墨趣的作品中，贯穿着生机盎然的表现力。这使王成的作品明显带有意象表现的纯粹性，且以抒写胸臆为主要审美取向。尤其是花鸟画作品，笔墨精妙、韵致隽永，总体上给人一种清新郁勃，不乏冷傲、萧瑟的苍茫之美。“八大”所画《荷塘一角》，似鱼非鱼，更一个食一个，似“大鱼食中鱼，中鱼食小鱼”。方棱的鸟眼、孤独的鱼、屈曲的躯体、圆头古怪的石头、粗干疏枝……除去寓隐之意外，把传统中“以拙见巧”的风格淋漓地写尽了。其极简练、生动的表现方法，反映了前人基础上新的美学思想和新的审美情趣。

我以为，王成的花鸟画应该不乏好功力，唯缺乏人间烟火气。或者说，王成过于持重，缺乏年轻人应有的青春活力与明快色彩。这正如当年陈师曾劝告初进京城的齐白石，不能太孤傲，得有大俗气！玉不琢不成器！王成离白石老人衰年变法要走的路还很长。白石老人身上所历经的变故与沧桑是不分古今的。

这两年，王成得人资助成立了自己的画鸟工作室。每日，王成在画室一边勤奋作画，一边品茗交友。画风与内容也随之改观，除过在小画幅与精致化上坚持禅心不变外，也动笔绘置大尺寸的佛教工笔人物，尤以敦煌壁画为主。在用纸上也多有讲究，通过运用敦煌的特别纸张，以期达到心手合一，形神兼备的境界。

观画达礼

认识王建平是在他从北方民族大学毕业后的第二次画展上。我当时并不知道这个年轻人已经在北民大毕业之际举办过一次画展。画展开创了他的人生第一次，他也成为北民大美术系毕业生在校期间举办画展的第一人，这两个第一加在一起，使得王建平从同龄人里脱颖而出。

王建平山水画作品传统笔墨功夫过硬，画面完整性强。在呈现给读者一种惊叹技艺的同时，一种富有人情味的自然变化也跃然纸上。很难相信这些佳作的作者是一个九零后画家，他的画作和年龄有着极大的反差。王建平的作品用水墨的技法结合青绿着色，既保持水墨山水的写意性，又能在苍茫的墨色之外保持青绿的清新与典雅，给人以丰富的视觉享受。他的写意性笔法与青绿着色的结合，得益于他对传统笔墨程式的深刻认识。这样的认识使他敢于在山水图式的拓展中，以开放的心态和探求的精神，把文人画传统精神与现代人多元的审美取向融合，从而找到很好的现代审美趋势。

读王建平的画，扑面迎来的是使人宁静的文雅气息。这雅表现在几个方面：一是画面的整体气氛雅。他作品中描绘的劲松、枯树，似乎都是那样的劲道，透着一股高古意境、干练的笔法，这与他师法北宋李成画作有关系。二是

《秋水》 王建平

画中波涛、烟岚处处飘然灵动，所做山石皴法干湿兼容，工细中见率真。三是点苔设色，顺应着周围的景致，流露出淡淡的幽香，古雅至极。王建平所做山水作品要么水墨、要么青绿。作品中的线条不紧不慢，行笔略涩，显示出超强的掌控能力。

再说建平这个人的优点。第一，谦逊礼貌。建平长得清秀，见面给人感觉挺有礼貌，是一个懂事讨人喜欢的孩子。这种令人喜欢的本事，对一些颇具阅历的人看来，似有一种讨巧逢迎或近于圆滑之态。但接触时间长了，你会发现，建平的礼貌是一种惯常行为。他与人说话的语气是轻松而愉快的，无论生熟远近，他拱手鞠躬的姿态是诚恳的。他不会因为对象的社会地位高低而有所取舍。建平与人承诺的事情是从未拖欠过的，不会因为自己事务繁忙或别人疏忽而推辞。

第二，热心助人。建平是一个有能力的人，这种能力不仅表现在绘画上，还表现在他对文字、美工与组织工作的出色运用上。他工作起来有条不紊、不慌不乱，他总能在规定的时间内将一个完整且漂亮的工作结果交到委托方手中。许多在我们看来相当复杂的展事或宣传工作，在建平手里竟然变得易如反掌。许多时候，我在想，将建平这样的人放在任何岗位上都是能够胜任的。这样的能力在于建平对事物细微观察的把持与精益求精的苛求。正是这样的人生态度决定了他的命运，使其走得更远。

云水禅心

为人坦诚、随和，处事从容淡定，始终保持着清新寡欲以及对中国书画艺术的初心——认识张晓宇二十年里，他身上的这些特质从未改变。

张晓宇潜心研习中国书画。写字画画几乎成了他生活的全部，就像一位游历于中国书画艺术中的行脚僧，在长途跋涉中将生活追求与人生感悟完全融入笔墨意境之中。

张晓宇的书画作品，笔法古朴精微、沉着稳健，尤其是他的山水画，墨色润泽秀丽，苍茫中又呈现出清新淡雅的意境，让人能清晰地感受到自然飘逸的脱俗气质。山林树木、峰峦奇石、溪水帆舟，在挥洒自如的笔墨与秀敏灵动的线条中可以看到张晓宇细致入微的严谨，或点染、或皴泼，气聚神凝，笔随心动，技艺法度自然天成。

中国书画艺术讲究师承名门，但张晓宇并不为其所困。他坚信，生活历练和开阔眼界才是提升个人艺术修为的根本。几十年来，一有时间他就坚持外出写生，游历名山大川。在师自然，师造化的基础上，巧妙吸取历代山水大家技法特长，敏锐地把握住传统精华，结合自己对山水画的感悟，不断探索创新，逐渐形成了自己的艺术风格。他认为，书画所能够传承的，更多的是笔墨技法，不论师承哪一派，朔其根源，终归道法自然。

从生活的角度来说，写字画画其实就是一种自身修炼，随着时间的推移，研习书画的人就会从中悟出许多人生哲理。张晓宇告诉我，这些年来他最大的感悟就是：书画艺术赋予人们的不仅仅是赏心悦目，而是透过笔墨线条给予人生的一种生命状态、一种自由境界、一种人格力量，使我们的心灵得到升华。中国书画的魅力，就在于一笔一画都十分讲究轻重快慢，刚柔虚实，洒脱自然。其中的聚聚散散、分分合合、虚虚实实正是人一生的真实写照。

人品决定画品，心有杂念，贪欲太多是无法成就好的作品的。张晓宇通过自己对内心的不断净化，把水墨当成道，在山水意境中找到与自己最理想的精神状态，通过潜心创作，让自然与内心形成关照，相互慰藉。

如今，张晓宇的画作，已达到了一种新颖的自我画作境界，别有一番韵致幽情。艺无止境，天道酬勤。但凡了解张晓宇的人都相信，在他今后的艺术人生道路上一定会有意想不到的精品横空出世。

《无题山水》 张晓宇

猫眼人生

在画家马宝林看来，论神性，猫为最。猫时而温顺，时而刚烈，时而憨媚，时而勇敢。猫的眼睛，深邃而神秘；猫的动态，耐人寻味。五千年前的古埃及神话里，猫的魔力与超自然的事物联系在一起。马宝林是回族，对神性的理解及感悟更为深刻。从马宝林清澈的眸子里似乎可以看到蔚蓝的大海。

师法自然，方能胸有成竹。马宝林画猫，源于生活，自然能做到意在笔先，下笔有神。马宝林画猫，无论动静、喜怒，神情都是那么生动、自然、逼真。对猫的悉心观察，使马宝林对猫有着深刻的认识。他说，多数人画猫都是表现其憨态可掬的一面，其实猫不独妩媚讨喜，更是个性极强的小精灵。马宝林画猫，不少是昂首挺立在高处的，那表情，那姿态，透出神圣不可侵犯的威严，兼具傲视群雄的霸气。不留心于生活的人，不是非常熟悉猫的习性的人是很难捕捉到猫的这种神态的。这正是马宝林画猫的不同之处和弥足珍贵之处。

在绘画技法上，马宝林画猫的手法既有传统的笔法，又融进自己对生活的感受和揣摩，使作品更具表现力。油画系毕业的马宝林自然会融合西画的长处，十分注重形准和质感。其画线条流畅，用色淡雅，构图简约，力求把猫的灵性表现得人性化，以达到一种雅俗共赏的艺术个性。

马宝林笔下的猫，灵动活泼，雅俗共赏。或凝神，或观虫，或对峙，或嬉闹；幼猫憨态可掬，稚气妩媚；大猫威风凛凛，英气逼人。每只猫都精妙传神，显出自然本性。顾恺之曾云，画人物“妙在阿睹”，这句话同样适用于画猫。猫与人一样，其精气神主要是通过眼睛表现。马宝林画的猫眼，或警惕，或怡然，或困惑，或怒威，诸般神态表现得丝丝入微，连那猫眼水灵而晶莹透亮的特点，也表现得相当逼真。马宝林的《争秋图》于2010年“翰海春季当代中国书画拍会”上受到追捧。“翰海”之后，更多的“猫”从马宝林的笔端诞生：《春意图》《秋意图》《猫趣猫》《惊梦图》《寻趣图》……一只只活灵活现的猫从马宝林的思想跃然而出，成为他的猫孩子，与他嬉戏为乐，相伴相随。马宝林画猫力求表达温暖，纯净无染、洁净无瑕、返璞归真。这是马宝林对动物的写实，也是他对爱的诠释。

《窥》 马宝林

出规入矩

吴善璋老师曾这样评价过王应科的书法:“王应科的字在规矩之内,又未被规矩所累,迄今为止,他是一个仍旧在认真写字的人。”我与吴善璋老师多有交集,以他多年作为中书协评审委员会评委的经验看,能在规矩之内写字的人是书家起码的标准,而这项标准却在一些人身上丧失掉了。

在我个人看来,王应科的书法是清新纯净,了无尘俗,端庄秀丽,凝重典雅。是与时下某些追逐平庸、通俗之风大相径庭的。他的书法通篇透着宁静、古朴、空灵、典雅的和谐气氛,字里行间弥漫着一种浓郁的情思和灵动的神采。

综上,王应科应该算得上是一个规矩的人。可生活中的王应科处处表现出一种随心所欲的状态,或者说不把规矩放在眼里的癫狂,以至于初识王应科的人还不能很快把他与高雅的书法艺术扯在一起。

说到王应科,人们想到的不是他的书法,而是胡子。大家会说,“哦,知道,那个大胡子!”

王应科是一个美髯公,他一脸硬朗的大胡子一点也不懂规矩,总是铺天盖地,见缝插针地从毛孔里冒将出来,疯长开来,像韭菜,一茬一茬。他的胡子常常会导致男人间因嫉妒而引发的口水战。美髯公，关羽算一个；梁山英雄朱仝有一身好武艺；最靠谱的当属近代草书大家于右任先生。如若他能穿着张大千的大襟右衽中装长袍，或是太极大师的中式盘扣夹衣，则与美髯是时宜的搭配。只可惜王应科的美髯长在了远离传统的当下，因此和着时代快节奏的生活步调，他的胡须非但没能给他带来多么大声誉，反而令他不胜其烦地在美髯与“小鲜肉”之间打理毛发，制造平衡，偶尔笔挺，看上去不仅神色不自在，还显得人肥腻。

王应科的不懂规矩还在于他从不给组织找麻烦，也就不懂得组织的各项规矩，常常没心肺，铺天盖地地写那么多好字，挂在网上晒，勤奋地把别人给比了下去。有时候，他像一头大象，撒着欢儿，闯进了一家瓷器店，撞得博古架上的赝品散落一地；或者，有时候又像一头可爱的小毛驴，背负着一担好酒，在书印双绝的山路上一路低头干活，一路吃草育肥，硬生生地练就了一手老辣的欧楷，高古的篆书，筋骨的篆刻。他自食其力，写字赚钱；他心怀坦荡，教书育人，他把自己放在艺术品市场的清水里泡三次，在血水里浴三次，在碱水里煮三次，擦亮了辨假识真的慧眼，铸就了不落尘俗的傲骨。

王应科的不懂规矩，还表现在他虽然是一位书法家，却能在与朋友聚会时，掸去书法家身上的俗尘，桌上铺一块干净台布，放置酒肉，大快朵颐，大口喝酒。吃相可能不合规矩，可吃出了人间烟火味儿，吃出了痛快淋漓劲儿，看着让人味蕾爆棚。他随时扮妆入戏，童言无忌，杯酒释怀，引得大家开怀一笑。笑而望去，他却是一脸的无辜样儿，像是中了别人圈套，直呼：“不跟你们玩了！不跟你们玩了！”朋友们都对他不讲规矩的戏谑，既插科打诨，也可浑水摸鱼，这样，可以卸掉拘谨，合着应科的节奏，趁机放任一把，重拾生命的活性和通达。王应科正如一个五星级的嘉年华，在这里，大人、孩子，老少皆宜，玩得开心，嗨得放心。欢乐之余，你依然会惦念他的“豪华家底”——书法，让他写两笔，让他说说书法。“豪华”还表现在他写字懂规矩，做人讲信义，自学成才，五体皆能，而不是欺世盗名的书法家。

王应科的不懂规矩还在于，他在书法家里算是个卧底。他的一手好素描在对待本人的肖像时毫不掩饰作为书法家的那份自信：他早年入函授大学，师从张少山、张尔闻学画多年，所以，他的素描功底有能力在大叔与小鲜肉之间全取平衡，引发中老年妇女的争相围观，发出一片赞叹之声。

话说伏羲持规，女娲持矩，实为规矩与方圆的肇事。设若有一天，让应科放下毛笔，重拾画笔，为女娲伏羲画像，或许会把伏羲与女娲手中的规与矩调换位置，然后，捋一捋胡须，调皮地一笑，说道：“看，这也可以是规矩嘛。”

辛弃疾《青玉案·元夕》 王应科

经营
传世之作

银川文化城里的缘墨堂可谓一块老字号招牌，其一，这“老字号”是银川文化城第一批入驻的画廊，经营已近十年；其二，堂主裴学军经营字画的时间长，从他做装裱这一行算起，已然有近二十年的时间；其三，缘墨堂经营的专注度与精品意识在业内算得上业精于道的典范。

裴学军谦逊礼貌，善于倾听他人的意见。当你谈得意犹未尽之时，他才会抛出一两句意味深长的话，这正如微澜的水面“嗵”地掉进一颗石头，听那回音，也知幽暗的湖泽之下那莫测的深度。

缘墨堂挂着一幅《关公月下读春秋》，用笔精微，线条飘逸，着色艳美却不乏深沉稳健之气，体现出周一新惯常的传统笔力与用色功力。裴学军对周一新的喜爱是基于对传统文化的理解。

裴学军喜欢传统文化，他与书画结缘，修得墨香润圆，身清气正。

在这个信息多元，浮躁逐利的时代，读书尚且不易，何况一个人痴情先秦诸子百家典籍。裴学军说，现实生活，人们的许多困惑依然可以在诸子百家的经典学说中找到答案，儒家的仁爱之道，法家的依法治国，墨家的平等相爱，道家的无为而治，都能在现实社会里找到相应的正果。大到治国之道，小到齐家修身，仔细琢磨，都会受益非常。

裴学军对自己经营的字画严格把关，从不含糊，不仅要书画家的“真品”，还苛求“精品”，应酬之作，从来不收。即使是预订作品，在裴学军看来不过关也坚决不收。这是对藏品升值的保证，同样也是对艺术家严要求，高标准的关怀。只允许好作品入市，才能保证其升值的空间，经得起时间考验，而非一时的“虚火”猛烧，最终落得“气血两亏”。

裴学军收藏张贤亮的作品体现出其非凡的收藏眼光。在他看来，张贤亮写了那么多有影响的文学作品，成就了自己，文学史会留给他一个重要的位置。文学界多关心张贤亮的文学创作在中国的影响力，但在裴学军眼中，张贤亮拒绝平庸，创建立体文学——影城，这也是张贤亮傲视群雄的一件绝世作品。影城改变了多少人的命运，为宁夏增强了厚重的软实力，这一点，张贤亮对宁夏的经济、文化发展功莫大焉。张贤亮的文学作品也是其“忠义仁信勇”的体现。

裴学军很欣赏张贤亮这样一位具有西方贵族精神，又兼具东方智慧的作家：文学生命力强，他的书法作品也会因文学的价值被后人追捧。历史上这样的例子不乏其人，苏东坡、黄庭坚、范仲淹、徐渭、鲁迅、巴金等，流传了几百年，你再看他们的艺术价值，已何其高调。

梳理文学艺术发展脉络会发现，文人书法的价值具备了文学价值、文献价值、史料价值、文物价值，最后才是他的书法价值。正因张贤亮身上蕴含着四种价值，市场上仿品渐多，它们价格便宜，诗文拙劣，稍有审美意识就会一眼看透。裴学军相信，当假货泛滥到一定时间，随着藏家审美意识的提高，假的终究会无处藏身。比起很多专业书家，张贤亮的作品存世量很少，等大家醒过神来再去买张贤亮的真迹时，恐怕连缘墨堂里的张贤亮授权书也要被抢购了！因此，缘墨堂里的部分作品已具备了传世因素。

对于喜欢收藏的朋友，裴学军能够给出一些建议。他将收藏分为五个品级：藏品能放进历史一脉的，经得住时间考验的为上品；能赚钱，快进快出，不留不压的是流通品；特定客户的特定需求，未来价值不明朗的是礼品；只图悦目，不考虑收藏价值的是观赏品；只求真迹，满足入门爱好的是普及品。一定程度上，藏家的宽容繁荣了市场上那些练笔阶段和应酬的作品，这些作品都有藏家购买，各级别的书画都有需求群体，存在的即是合理，没有谁对谁错。但收藏归根结底是一门艺术，是艺术也就是一门学问，如果你有钱，也相信自己的眼光，那就去市场上交点学费，浪子回头金不换，花钱买经验；如果钱来得不易，那就选择一个靠谱的人，让他带你入门收藏，可以少走弯路，既获得知识，也博取收益。买得起，看得懂，留得住，卖得掉。具备了以上四点才是合格的艺术品收藏家。

最后，也是重要的一点，依照自己喜爱去收藏，别总什么都听别人的，如果喜欢某人的作品，上网检索一下历朝历代的名家之作，与此人作个比较，看看他水准在哪个品级上。这几点功课做足了，才可以真正从“听画”走向“看画”，最终走向真正的收藏。

在裴学军看来，在中国经济高速发展的今天，国人必须要有自己的文化自信作支撑，否则，很难在全球化舞台上保持自己的从容与自信。只有全面了解本民族文化，才可能具备真正意义上的经济自信、做人自信与国家的自信。打好传统文化这张牌，讲好中国故事，让具有传世价值的艺术品成为传世之作。

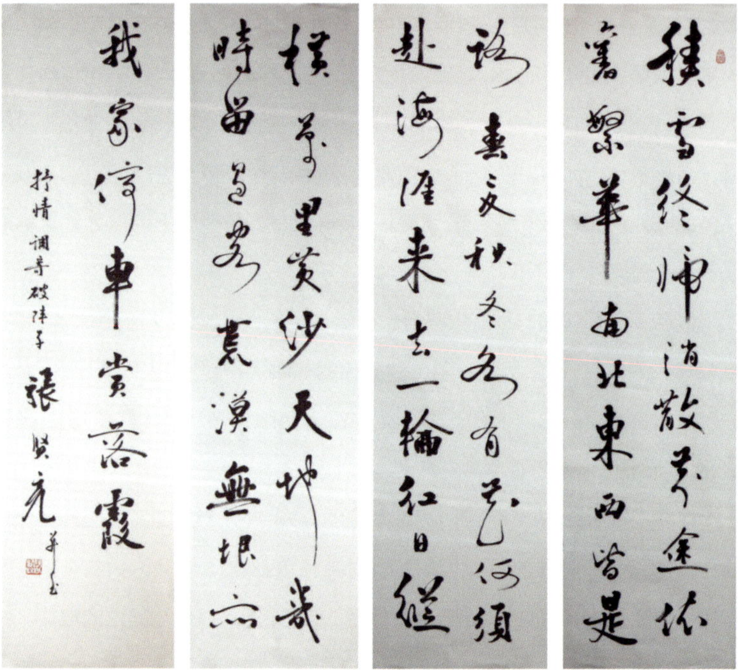

张贤亮《破阵子·抒情调》 裴学军藏

人老有童心，

方能悟真意。

笑谈三国事，

大话梦西游。

路典艺评

《少见多怪图》 王雁路

刘正谦作品

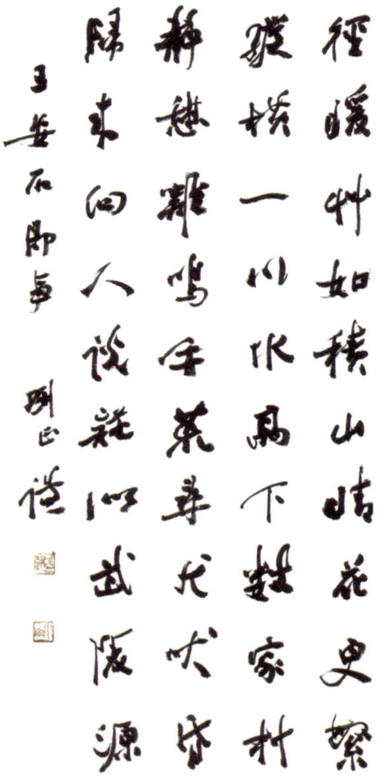

王安石《即事》 刘正谦

大师虽云淡风轻地去了，但他留下了炉火纯青的书艺风格，天真质朴的治学态度，也留下了他摒弃功利，探寻书艺真境的精神品质。

任启兴作品

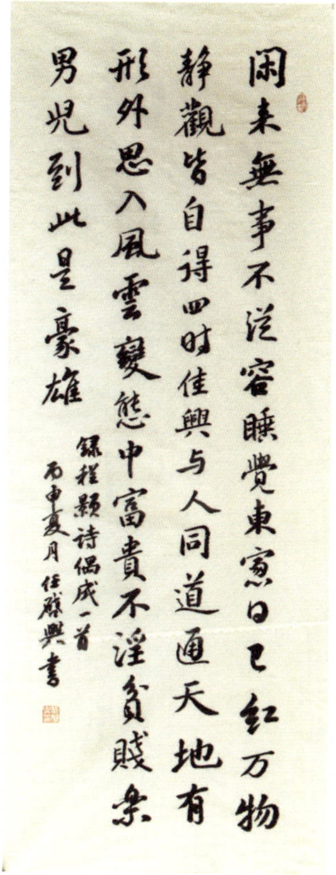

程颢《秋日》 任启兴

任启兴工作之余喜欢书法，还喜欢填词写诗，从他的书法与诗词中，可以看出作者是一个有襟抱且豁达的人，故而，他的书法与诗词雄丽多姿，情景交辉，境界辽阔。

柴建方作品

对联 柴建方

1985年4月25日，启功来到宁夏，请柴建方为他刻印。临别，启功在柴建方的印谱上写下“急就奇觚与众异”。这句话出自西汉史游的《急就章》。启功借古语抒情，包含两层意思，一是点明此次刻印是一次临时行为；一是在夸赞柴建方先生急公好义，为他赶制印章，救了他没带印宝的急。

管维兵作品

曹操《观沧海》 管维兵

管维兵的书法是对汉字发展溯源而上的一种探究，从中能够反映出不同历史时期字体的审美特征：篆书古朴典雅，隶书静中有动，草书风驰电掣，楷书工整秀丽，行书行云流畅。管维兵试图在中国书法法度内寻求创新，师古不泥，作品风格鲜明。

王雪峰作品

《风景》 王雪峰

王雪峰的艺术风格建构在诗性的绘画语言上。他所营构的色彩和委婉的笔致,更是精神和情感层面上的心象的真实。

郭震乾作品

《天骄九骏》　郭震乾

《宣和画谱》把马列为畜兽之首，说："乾象天，天行健，故为马。"马代表乾坤的乾象。郭震乾画马的写意笔墨与阳光色彩，不仅关乎笔墨与色彩，而且涉及意象造型。

广军作品

《改天见》 广 军

广军的画注重文化内涵，虽无惊人的选题和大型的创作，可作品流露出的气质给人以耳目一新的感觉。他独具匠心，于画外见功夫，咫尺之图，各色人物跃然纸上。其画法多以夸张变形之术，达虚中有实、实中有虚，且变不离宗，神情兼备。画中人物貌似简约朴拙，实则天真自然，熟而不甜，生而不涩，淡而不薄，灵而不空。

吴泉棠作品

《徽州风情》 吴泉棠

吴泉棠在保持中国画特色的同时，又吸收西洋画色彩的长处，这一表达方式成为吴泉棠“重彩乡情画”的重要特点。

韩绍芳作品

李清照《夏日绝句》 韩绍芳

绍芳的书法，坚持以篆刻为主，兼修篆书。但他的基础远不止此，汉隶、魏碑、唐楷、行草均有涉猎，为他构筑了坚实的塔基。他的篆书是从秦小篆入手，那严谨的结构、圆润的线条营造了清新雅致的风格，书法构建的造型美在他的笔下淋漓尽致。

王强作品

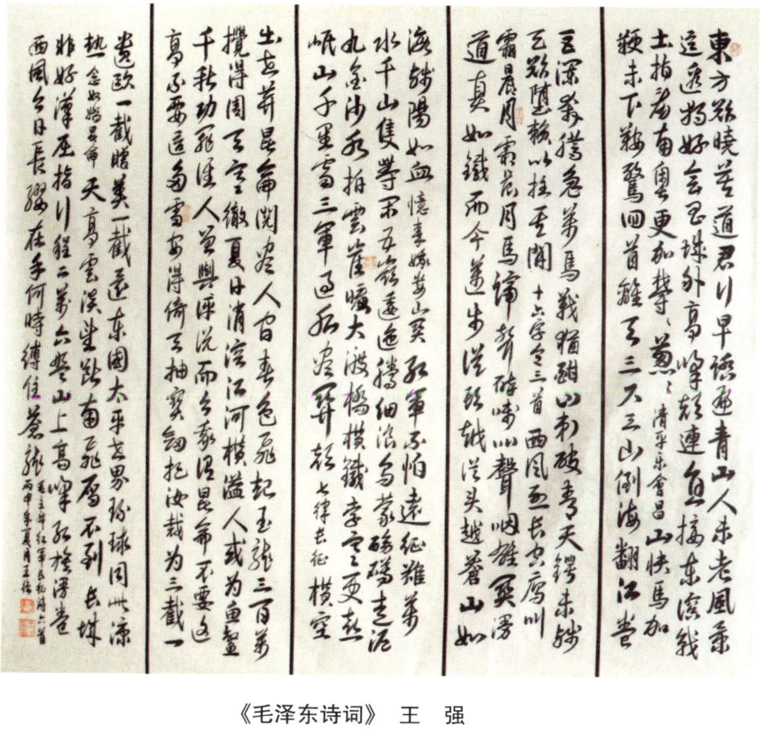

《毛泽东诗词》 王 强

王强书法以书写的状态自然表达，因而线条显得通达洗练，含蓄圆厚。结体上少了时人的让头舒足、扭捏作态，只以正派示人，更多了几分唐人的正大庄严。在当今书坛“炫技”之风盛行之下，这份自然书写弥足珍贵。

陈瑞鑫作品

《康提览胜》 陈瑞鑫

这是一幅2017年年末，在“美术报名家学院艺术家走进斯里兰卡写生”活动中的作品。面对热带雨林的异域风情，应物象形，随类赋彩。从直觉入手，热心对景物的观察和描写，运用笔和墨的丰富变化呈现对自然的感知和印象。通过色彩的对比和丰富性，强化了异域风情的“洋气”，在忘我的描绘中抒发自己的感受，表现个人的独特情怀。

陈刚作品

《烟雨亭》 陈 刚

陈刚将主题切入了鲜花盛开的季节、收获的季节，大胆的色彩尝试使得画面像花儿在歌唱。

俞军三作品

《三羊开泰》 俞军三

俞军三结合现代笔墨情趣，用现代审美观去理解和阐述中国传统画的精神气质。

王心悟作品

《首阳夏天》 王心悟

王心悟的大西北系列是一个把自然的、生物的、精神的和社会的视觉经验，转换为生命张力的理性化审美过程。

石舒清作品

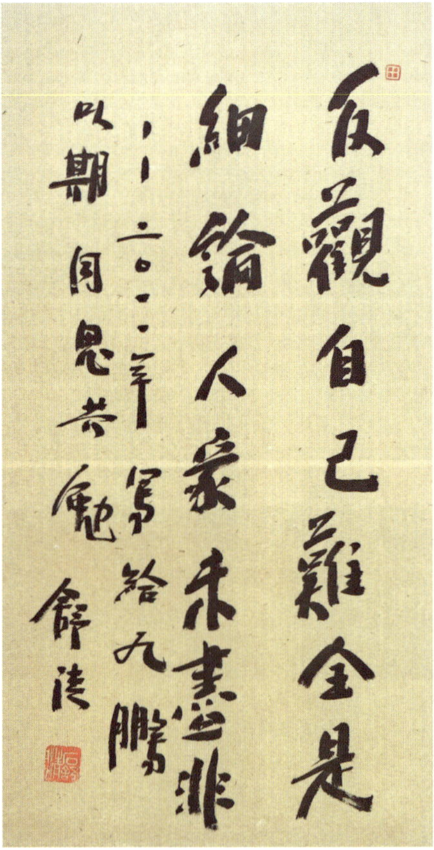

《自题》 石舒清

野气、骨气、灵气，成就了石舒清书法的独特韵味。

王军作品

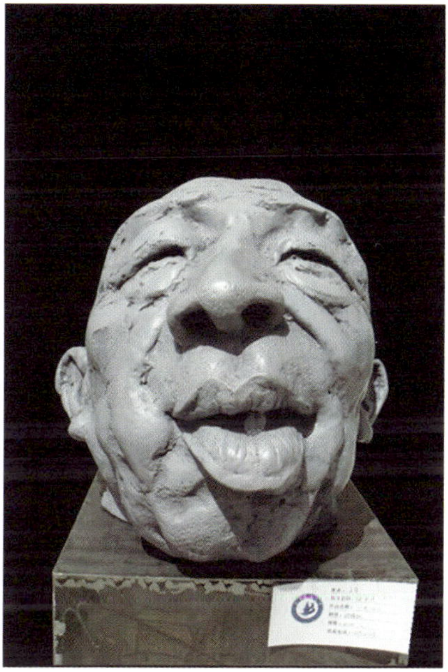

雕塑　王　军

王军的雕塑作品准确地表达了现代社会的情感、意图和问题。

张雨禾作品

《浮世绘·面具》 张雨禾

《猫头鹰》 张雨禾

张雨禾将日本浮世绘的纤细与繁密带入面具，令人惊叹。她尝试以不同画材融合，呈现出美术的奥妙，亦是大胆活泼的绘画之体现。

儿时就知君，

一生志高远。

脚踏五彩云，

看尽世间情。

艺路旅程

《澄清万里》 王雁路

艺术旅程

《新消息报》美术公社文化艺术节名家雅集合影

与张少山在一起

在沈德志家中

在宁夏“五老”书法展研讨会上

与著名国画家沈利萍(中)、左力光(左一)在一起

与罗贵荣在沙坡头

与周一新在宁夏博物馆

与韩国艺术家在银川美术馆

2017上海书展与戴敦邦先生合影

与中国画院版画院名誉院长广军(中)、清华美院教授代大权(左一)在一起

与宁夏书画名家相聚银川美术馆

与岩画家泥配件在一起

与国画家马宝林在甘南扎嘎那

主持参与拍卖书画资助贫困学生的活动

与著名国画家马海方

拜访王系松

采访胡正伟

油画家马知遥赠送作者油画作品《启航》

与黄国成在诗楠23°艺术空间

与郭震乾在丽景书画院

艺术家漫画像

作家　季栋梁

画家　李东星

书家　王应科

画家　孙全义

画家　王　成

自由摄影师　杨　青

后　记

出版《九品堂艺事》是个意外。

有一天，我和女儿看电视。某电视台正在播一档叫《传家宝》的节目。有一位女士(看上去二十多岁)拿着一根金簪子请专家鉴定。专家问她这簪子的来历，女士说是她母亲成人礼时送她的，听妈妈说是祖上传下的宝贝，所以格外珍视。经专家鉴定为乾隆年间的，真品，寓意好，估价十万元人民币，很有收藏价值。女士很高兴，说今后多少钱也不能卖。这个时候，女儿突然转过脸问："爸爸，我成人后，你送我什么宝贝呢?"我一时语塞，想了半天，有些汗颜，家里还真没什么值钱的老物件儿可以拿出来炫耀。好在，这些年我手头积攒了一些字画作品，应付一下女儿的要求，或许不成问题。毕竟，女儿是喜欢画画的。我试探着问，字画可否？女儿问，能值多少钱？我说，值很多钱。很多是多少？女儿追问。我又无语了，竟然有些小紧张了。我想，说个具体数字吧，没把握，现在字画行情比不得前几年，曾被人喻为"软黄金"的字画如今受到冷遇，价格没个准头儿；不说吧，在孩子面前，又显得缺少诚意，毕竟，像我女儿这么大的孩子还不懂艺术价值与市场价值之间的关系。孰轻孰重，我也不能武断地告诉女儿谁的作品比谁的作品值钱，这样，既有失公允，也缺少对艺术家的尊重。

鉴于此，换个方式去解释这些字画的价值，可能会达到良好的效果。于是，我想到了那些我曾经为书画家写过的小文。小文曾经串起过字画背后的人生故事，这是我脑力劳动的见证，现在想来历历在目，亲切如昨。当文章一篇篇从电脑里弹跳出来时，一阵殊胜的喜悦传遍周身，文字背后的面孔与书画渐渐变得清晰，它们犹如暗夜里的灯火，照亮了我的智慧。这正如房间里的两盏台灯，它们各自亮着，又彼此包容，它们有限的光让我忽略了角落里的零乱与不堪，让屋子里的内容看上去幽深而静美。

我不确定，这本小集子是以书画串起了文章，还是文章靠向了书画。但我能确信，此刻，它对我有了一些意义。起码，第一，女儿可以感知到父亲对这本小集子里的字画曾经保有的温度，并不单单把它们当作易价的商品，而是注入了感情与良知。这些作品也许因为我的注视而有了锦上添花的意味，或者，我的文章也因为这些作品而变得熠熠生辉。第二，女儿由此会感受到规划之美。《九品堂艺事》是一个完整的体系，这个体系由她一个愿望生发，进而变大，最后成形。如此，她有理由相信，一个想法在事物成形之初是多么重要，说出口的时候也许微不足道，但若去做了，就会产生意想不到的结果。第三，女儿或许会明白这样一个道理：只要足够坚持，就能积攒出丰硕的成果，正所谓，积跬步，才能致千里。第四，智慧是世界上最美丽的花朵，一个人可以通过智慧将生活之美串联，做成艺术品，去观赏、配饰、捐赠，或者传于后人。很多年后，如果她的孩子也能看到这本小集子，那它不就像家族的传家宝了吗？

二十年后，你把现在的房子给孩子，孩子会说，太旧！二十年后，你把车子给孩子，孩子会说，太土！今天，你给孩子留下一本书，该是一件多么引以为豪的事情！沧海桑田，时光流转，没有什么是一成不变的，但是知识与教育却可以一直传承与延续下去，成为人类自我完善的不竭动力。

作品付梓之际，十分感谢贾平凹、何家英、吴善璋、戴敦邦、广军等名家对本人的支持与关怀。感谢郭文斌、周一新、宋琰等人对本书的推介，席恒书设为九品堂徽标的构思与设计，以及万明华先生对本书封面提出的宝贵建议。尤其感恩我的文学启蒙老师冯剑华女士对本书的赏识与厚爱。她继续延续着张贤亮先生的慈善与恩德，让西部影城的文学之塔闪耀光芒。